主编　凌翔　　　　　　当代著名作家美文自选集

# 阵风吹过时光的琴弦

孔瑞平　著

天津出版传媒集团

天津人民出版社

图书在版编目 (CIP) 数据

阵风吹过时光的琴弦 / 孔瑞平著 . -- 天津：天津
人民出版社，2019.11
（当代著名作家美文自选集 / 凌翔主编）
ISBN 978-7-201-15457-2

Ⅰ.①阵… Ⅱ.①孔… Ⅲ.①散文集—中国—当代
Ⅳ.① I267

中国版本图书馆 CIP 数据核字（2019）第 225195 号

## 阵风吹过时光的琴弦
ZHENFENG CHUIGUO SHIGUANG DE QINXIAN

出　　版　天津人民出版社
出 版 人　刘　庆
地　　址　天津市和平区西康路 35 号康岳大厦
邮政编码　300051
邮购电话　（022）23332469
网　　址　http://www.tjrmcbs.com
电子信箱　reader@tjrmcbs.com

责任编辑　岳　勇
装帧设计　陈　姝

印　　刷　北京楠萍印刷有限公司
经　　销　新华书店
开　　本　710 毫米 ×1000 毫米　1/16
印　　张　13
字　　数　200 千字
版次印次　2019 年 11 月第 1 版　2019 年 11 月第 1 次印刷
定　　价　49.80 元

# 目 录

第一辑　月是故乡明

　　我记忆中的故乡是有趣的，它有着脚步、炊烟，有着深长呼吸，有着与城市截然不同的生活美学和心灵秩序。

# 燕邻

　　几年前，我住在一栋独立的二层小楼里。一楼客厅二楼卧房，两层之间由露天楼梯连接，环境优雅。美中不足的是：太静了。"要是能有个邻居的话就更好了！"在抛书欲眠的蒙眬中，我心头不无遗憾地掠过这样的念头。

　　感谢上苍眷顾。没过几天我就发现，真有邻居了。

　　那天我正提着桶，小心地给一株茉莉浇水，耳边蓦地掠过一阵翅膀扑击空气的"扑噜"声。一抬头，一只黑羽剪尾的燕子已经停在二楼阳台的晾衣绳上了。它颇像一个高明的杂技演员，随着晾衣绳那点很小的弹性上下颠了几颠，接着就稳稳地站住了。人和燕这时不过就有两米多的距离，我有点不知所措地愣住了。虽说燕子在北方是除了麻雀和喜鹊之外最习见的鸟儿，但是这样近距离地与它对峙还是第一次。燕子那溜圆的黑眼晶光闪闪地盯着我，淡定、从容，没有一点退缩的意思，片刻之后，我只好悄悄地沿着台阶退下了。

　　等我循着楼梯下到院子里的时候，又一只燕子疾飞而至。这个家伙可不是空手来的。它嘴里分明衔着一点儿什么东西：一个草节或是一小片羽毛。它熟门熟路地径飞向它的伴侣，接着一对小东西就在晾衣绳上急速地移动。它们时分时合，挤挤挨挨，摩肩擦喙，细语呢喃，毫不掩饰那种亲密的情侣关系。然而它们只停了片刻，就投入了忘我的劳动。这两个天生的艺术家在小院的上空往来穿梭，它们用小小的喙儿不知疲倦地衔来草节、羽毛、树叶和泥土这类建筑材料，一个考究的燕窠正在成型。对于我的存在，它们不是出于信任就是出于不屑，总之是基本不理。它们那旁若无人的态度说明它们起码坚信着这个新址的安全，它们那高涨的劳动热情更使人觉出了一种非在此安家不可的不容置疑的决心。我索性搬了一把椅子，拿了一本书在院子里坐下，看着它们优美而又极其有效地工作。哦，那个春日的午间时光，实在是太美了。

阳台立面避雨用的檐板和阳台的平顶之间，形成了一个直角。燕子选中了这个遮风、避雨、蔽光的有利地形来筑它的爱巢。它们的新房落成之后，趁建筑师外出的当儿，我悄悄地踱到跟前去参观了一番。这是一个令人类叹为观止的精巧建筑。它的外形略似一个大肚细颈的瓶子，且在入口的瓶颈处作一曼妙的回旋，可防冷风直入。更有趣的是，燕子将衔来的那些建筑材料不知经过了怎样的加工，总之它们都失却了自己原先的性质和形状，变作了颜色相同、质地均匀的褐色黏质碎泥，并以一种优美均匀的小波纹形状凝固成圆形建筑的外墙。我踩了一只凳子，伸出手指在这个奇特的墙体上轻轻叩击，听到了介乎金属和陶瓷之间的"笃、笃"钝响。咦！这速成的燕窠不仅精致、适用，而且还很坚固哩！

人说千金买房，万金买邻。我不花一分一厘得此佳邻，自然是十分高兴，独来独往的日子因此也不再孤寂。每天黄昏时分，我下班回家，燕亦倦飞归窠，我在院子里来来往往地做家务，燕亦会在晾衣绳上作稍许逗留。燕永远是形影不离、双出双返的。它们老是那么的兴高采烈，仿佛它们的爱情永远在蜜月之中。经过了一天的飞行和嬉戏，它们的情绪通常都有点亢奋，它们在晾衣绳上时而挥翅佯打，时而摩擦尖喙，不时发出叽叽的尖叫声，像是这对恩爱情侣在打情骂俏。及燕归窠，人亦回房。读书到深夜，耳边时常会传来燕子不同于白天的呢喃声，十分地曼妙和朦胧，于是不由得掩卷微笑，心想这是它们在温存。夜阑里加进了这种有形的声音，似乎窗外大自然的黑夜变得更加丰富、深邃和美好了。清晨，我通常是被燕子的晨曲唤醒。打开房门走出，双燕正停在一两尺之外的晾衣绳上婉转呢喃，雌燕许会侧过头来看我一眼，但并不中断它的歌唱。我也向它莞尔一笑并微微颔首，算是跟我的邻居打个招呼说："早晨好！"

是的。有两个邻居在我窗前的这个事实让我如此安心，两只相爱的自然生物给我的生活增添的欢乐实在是一言难尽。我就这样和我的新邻居相伴着，度过了很多静谧的日子。

夏天的一个早晨，我刚刚打开卧室门走出，赫然看到门口不远处那块用来承接鸟粪的废纸板上，有几瓣从窠中掉下的碎裂了的空蛋壳。还没容我去想是怎么回事，雌燕已经冲过来，围着我激动地喟啾起来。它是那样地惊惶，那样地冲动，它绕着我的头不停地冲折飞旋，使我不得不以为它想要啄我的鼻子或者眼睛。我惊慌失措地顺着楼梯冲下院子里去，甚至还带翻了一盆花。

"你这是怎么了？不认识我了？！"我惊魂甫定地站在院子里，仰头向它愤怒地喝问。

"对不起，我刚才太激动了。因为我担心你惊扰了我的孩子们。"雌燕停在晾衣绳上，用那对水晶般的黑眼睛歉疚地告诉我。

哦。不知不觉间，这对燕子夫妻有了它们的小宝宝，燕子家庭添丁增口了哦。

接下来的日子，是一连串的忙乱。天晓得刚出壳的雏燕需要吃多少东西啊。燕子夫妇再也没空悠闲地停在晾衣绳上谈情说爱了。它们几乎从每一个黎明到每一个黄昏，一天到晚都在院子上空穿梭。在这段时间里，它们放弃了关于自己的一切享乐，只顾不辞辛苦地打食，哪怕打雷下雨也不肯稍息。甚至它们那身从不更替的黑色燕尾服都失去了往日的整洁与光彩。唐朝诗人白居易有《燕诗示刘叟》云："梁上有双燕，翩翩雄与雌。衔泥两椽间，一巢生四儿。四儿日夜长，索食声孜孜。青虫不易捕，黄口无饱期。嘴爪虽欲敝，心力不知疲。须臾十来往，犹恐巢中饥。辛勤三十日，母瘦雏渐肥……"这，就是眼前燕子一家的真实写照吧！由鸟念及人，我的眼睛不由得泪湿。唉！"哀哀父母，生我劬劳"。鸟犹如此，人何以堪？

雏燕终于出窝了！两个小东西张着短秃的翅膀跌跌撞撞地从窠里飞出来，落在我卧室的外窗台上，在那里笨拙地踱步，并隔着窗玻璃向卧室内好奇地张望。又过了一段日子，当它们终于可以飞到晾衣绳上站稳的时候，它们已经是像模像样的燕子了。这个时候，燕子夫妻开始耐心地教孩子们飞翔。再后来，灼热的阳光开始暗淡，地球沿着赤道终于运行到了某一个特定的角度。秋凉风起，长空不断传来候鸟南徙的阵阵唳鸣。燕子夫妇终于带着自己已长出了剪形尾羽的孩子们，循着体内那个固执的生命信号，振翅南去了。

寂寞的燕窠和空荡荡的晾衣绳一次次勾起我的惆怅。屈指算来，燕子一家上路已有几天了，它们现在飞到了什么地方？一路之上，有无饥馁凶险、可能够找到充足的食物？它们的孩子飞得可好？那刚刚长硬的翅羽是否经得起千里跋涉？唉！亲爱的燕子邻居，但愿你们走好吧！

在重归寂静的夜里，我不时在阅读或写作中停顿下来凝神倾听。是的。燕子一家南去了，但是燕窠好好地在。明年春天，它们想必还会回到这里，重新与我来就人鸟之伴。甚至在冬夜的朔风响起的时候，我也会想到我的燕子邻居去到的那个地方：蓝色波涛簇拥的大海，高高的椰子树，温情的热带的风……想到这里，心情不禁释然，在若有若无的天籁里，分明听到了那熟悉的呢喃。

## 雕翔

一直认为，雕是自然界中最富性格和表现力的动物。儿时居住的山村名曰皋落，"皋"者，字典的解释是"水边的高地"。确实，皋落村本就坐落于太行山顶，背靠太行山主峰之一的白羊山，又南面环水，不是"水边的高地"又是什么！

皋落这个地势既是如此得天独厚，地面天空就少不了形形色色的动物。说到它们的性格，当然各色各样。鲁迅在《狂人日记》里这样速写：狮子似的凶心、兔子的怯弱、狐狸的狡猾……大抵不错。走兽们隐匿于山林草莽中，难免带些阴戾之气，故而先生给出的评价，多少是贬义的。雕却不在这些范围之内。雕住在云蒸霞蔚的白羊山顶，它光明磊落，阳刚十足，注定没有燕雀那样平庸而琐碎的生活。镇日里见它潇洒而出，大方而入，时而以王者气度在透明的空气中旗帜似地飘摇。它是天然的明星，生活在地面上的人和兽，都只配仰视它。

白羊山顶半入云岚，雕的巢在哪里，便是村中老练的猎手们也不能得知，说它"来无影去无踪"并不夸张，但是在儿时的印象中，它极富表演欲，越是天空如画的时辰，它越是肯现身在人们的视线之内，做那恢宏画面上动感的一笔。

西边的天色由明变暗，山间的黄昏悄悄袭来。雕站在高凸的巉岩上，凝然不动。人们发现它的时候，它早就在那里站着了。它站了多久？一小时？几小时？谁也不知道。在人们远远的指划中，它是一个剪影，一个雕塑，甚至就是与山岩融为一体的一块石头。

夕阳的余晖涂抹在粼粼流淌的南河上，贫寒的河一时间变得金碧辉煌；西天舒卷着紫灰色的氤氲大气，预示有精彩节目即将上演；两个山头交汇的低凹处，恰是抛物线底部。光芒渐次收敛的太阳，显示出大得惊人的光轮。它在这个地方由两座山峰的巨掌捧托着，流连了许久，就在它完全隐没的一刹那，它从下坠的缺口处随手泼出玫瑰色的大块云团，挟带着水红、桃红、橘红、紫红、锈红……说不出有多少种繁复瑰丽的红色搅在一起翻滚，翻滚，染得刚才水墨般阴黑下去的林梢血也似的红。此时的雕，如梦方醒。它高昂起头，伸展双翅，伸展，伸展，把双翅伸展到极限，然后优雅地一拍，纵身离开巉岩，跃入黄昏温暖的气流之中。雕先是作着大幅度的盘旋，在这片鲜艳的云海里滑出一个接一个螺旋式上升的圆圈，升到云顶之时，雕的翅膀就静止不动了，任凭高空那强劲的长风托举着它的翅羽作逍遥游。西山后面的落日不失时机地打来最后一道激光，顿时给雕的整个轮廓镶上了一道灿烂的金边，使这天空的王者闪射出高贵的凛然不可侵犯的神性光芒。终于，表演告一段落，雕也在渐暗的天光里变成了一个活动的黑色剪影。在人们惊怵的追视中，雕双翅平展一动不动，乘着迅疾的暖气流径直掠向暮色苍茫的地平线。

夏天的正午，烈日熔金，四野如燃，所有的物体都在蒸腾的热气中扭曲变形，没有人肯在这个时候出门，雕独不惧。我不止一次看见，它以优美的弧线划过天空，往北去了，雕飞翔在高天上热气不能到达之处，所以它的身影依然如铁画银钩般一丝不苟。皋落向北五里之外有古村名车寺，车寺村口有邺河口水库，我猜想，雕是到那里喝水去了。只有那广袤水面的独饮，才配得上雕的王者身份。

在丛山和荒原中，雕是没有天敌的，除了人类，它们是食物链顶端的霸主。但是遭遇到号称"万物之灵"的人类，雕偶尔也会有落魄的时候。记得有一回，村里的猎人终于打着了一只大雕。这受伤的王者，被农人们活捉了。我飞跑去看的时候，它给关在粮仓里，脚上系了根铁链，铁链子拴在地下滚着的碌碡上。

粮仓里有一张办公用的破二斗桌。雕虽负伤，斗志不输。见有人进来，它就奋力拍打翅膀，搅得粮仓内尘土弥漫，一片昏黄，待人们咳嗽、揉眼毕，雕已经昂头挺胸地站在那只二斗桌上了。

即便在被囚的窘境，它也好似刻意地要保持一个至少可以与人平视的高度。

以前见雕站着飞着，都远远地在山顶或空中，几乎要脱出人有限的视力之外，我还是第一次近距离地看清雕的模样。它有一个漂亮的流线型身体，毛羽是通体深褐色的；只有腰尾部直通翅尖对称排列着一线雪白的硬羽，展翅的时候犹如褐色土地上未融的白雪，鲜明而又协调；更让人惊奇的是，它的头顶居然长着一排金褐色的顶羽。虎的额头有"王"记，雕的头上戴王冠。看来所谓的王者，必有标识。

常年在高天之上俯瞰天下的角度，已然养成了雕气贯长虹的精神力量，即便此刻沦为阶下囚，雕也丝毫未露出惊慌失措的模样。在它刚才展翅的一刹那，人们已经看清它负伤的情形了：右翼下的毛羽鲜血淋漓，然而，雕却似乎毫不理会伤口的疼痛。出于骄傲，它把巨大的翅膀收得很紧，仿佛一个自负的人把两手背在身后的姿势。与雕形成对照的是，这张二斗桌周边围绕着衣衫破烂、神情木讷的山民，午后的阳光从破窗之外漏进，光柱强烈，清晰可见飞舞的尘埃，营造出一种舞台剧般的气氛。雕脚下这张油漆剥落、木榫开裂的二斗桌，俨然就是一个小小的祭坛了。

我挤在桌前不错眼珠地盯着雕看。越看，越从心底涌上来那种无以言说的敬佩。雕那种高傲无畏、目空一切的气度，是地面上一群群跑着的这些肮脏动物们没法儿比的。此情此景使我想起戏台上那些被捕的英雄，就是李玉和、洪常青什么的，虽然落魄却大义凛然，不失自己的威风。看了一阵，我这样觉得：一方面，它没把人放在眼里；另一方面，它的魂儿也不在这里，而在其他不为人们所知的地方翱翔。

雕的下落，我后来没有追问过。雕不是一种可以让人怜悯、同情的动物，不容易让人替它去担什么心。然而与雕的这一面之缘，却随着年龄的增长在纷沓的记忆中越来越频繁地闪回，以至于渐渐凝聚为一种信仰，一种图腾。有回观摩一个书家的写作过程，我看他那灵活的笔锋在宣纸上纵横驰骋，耳边厢听见有人赞说是"笔走龙蛇"，心里忽然就想起那雕来。我想龙还罢了，蛇算什么东西，它在泥沼里那点儿蜿蜒曲折哪能提到话下。我想告诉人们雕在天空中飞翔的时候，它会有什么样轨迹：用书法来形容的话，那就是时而如狂草般狂放不羁，时而如行书般酣畅流利。当一幅书法作品成稿，书家最后用印的时候，那雕也就潇洒地收翅，栖落在山石之上，化为一个霸气的落款。

做一只雕意味着什么，只有雕知道罢了！

# 狼行

入夜，风声凛冽。无数冰冷的气流顺着电线、树梢、屋脊飞也似的疾驰，把这些无助的静物捋出了疼痛的"吱—吱"尖叫，颇像我小时候在皋落乡下听到的狼嗥。那个声音，也是响起在夜半时分。因为白天狼是不敢走进村子的。它一般就是跟着这瘆人的风声偷潜入来的。

皋落，是太行山顶一个村庄。从县城到这里，得爬九曲十八盘。夏天的皋落是避暑胜地，然而一到冬天，这里就八面来风，成了个滴水成冰的朔风集合地。那冬天的夜晚在我的记忆中，除了风声很少人声。开始的时候，我是在懵懂的状态中被呜呜咽咽的狼嗥惊醒的。

狼嗥的声音乍听很像是老妇人的呜咽。那种绝望、压抑、断续的哭声，听得人心头酸楚。我知道窗外的夜晚有多么冷，而这怪叫的风有着多么大的力量，所以紧张不安之外，又替狼感到某种可怜和苍凉。

皋落是全县最大的村子，坐拥良田千顷。本县有名的"昔阳八景"其中之一就是"皋落奇峰攒万粮"。曾有人批评道："攒万粮"，说明它是个优秀的产粮区，可跟"景"有什么关系呢？其实这是个误读。皋落这个地方，田土肥沃，旱涝保收，是传统产粮区不假，但是"攒万粮"三字，确乎指的是"景"而非"粮"。

话说这八百里太行逶迤南来，一路气象万千：时而怒遏行云，时而低偎流水。堪堪行到这晋、冀交界处，它就兀然跃起，耸出个摩天高度；而一溜连绵的山头，却被千年百代强劲的山风吹削得圆秃，显出一派拙朴情状。它们的剪影衬着天穹的轮廓，像煞是一座挨一座的天然大粮堆。"攒万粮"三字，指的即是这环村的山头。您凭良心说，摸着吃得溜圆的肚皮，放眼四围"粮"山环绕，这难道说不得个"美"字、称不起个"景"观吗？——皋落村，真真是风水宝地。

农户不缺粮食，村子里的狗可也就不少。那些半农半猎的人家会养好多狗，农闲时候带它们进山猎野牲。就是寻常农户，也多会养一只看家护院。此时，这些负有使命的狗们嗅到外敌的气味，就三三两两的吠起来了。开始的时候，声音零星，还透着一种底气不足，随着狗叫声越来越多，狗们的声音就非常强大了，似乎每只狗都在声嘶力竭、尽了命的狂吠；不过，狼的声音也变了，不是刚才那种小声抽泣，倒像是亢声的挑战和对骂，音色很尖，带着歇斯底里的情绪，在一片声的狗吠中时隐时现。这种强大的声波我想使得全村人都醒了。但是狗和狼这样吵闹，最终多是个不了了之的结局，人是不屑参与其间的。姥娘翻了个身。我乘机问："姥娘，狗和狼会不会打？"

"不会。狗不出来的。它只是叫啊。"

"可狗多啊！它们要是出来，肯定能打得过狼的？"我的小心眼里，非常的期待！

"嗨，多也不出来。狗就是狗，狼就是狼。"姥娘用简洁的语言给了我这样一个不尽满意的回答。

皋落所据的山叫"白羊山"，人说是太行山的主峰。这里气候高寒，从每年的第一场雪开始，整个冬天它都被银色覆盖。一层层的雪越积越厚，人们冬天里的农事活动就差不多没有了。女人们拿着针线活串门，一群女人挤在一盘热炕上，一边飞针走线，一边叽叽喳喳地谝闲传，而那些打山的汉子，就牵狗扛枪地进山了。村口雪地上，留几行男人踢倒山鞋的大号鞋印和狗那玲珑的小梅花形脚印。脚印亦是洁白的，丁点泥土不带，不走到近处看不出来。打山的汉子身上，十字背花的绑带，一边儿吊着斑驳的军用水壶，里面的老烧酒随着脚步汩汩响；另一边则吊着个古怪的圆桶形包包，仔细看了方得明白：这是牛蹄带着上面一截牛腿，把骨头掏空了，做成的弹药包，里面装满猎枪所用铁砂，再削圆木为楔把它塞紧，即便需要的时候随手把它搁在雪地上，也进不去一丝水汽。这玩意防雨隔潮，制作十分精巧。

高大的雪山净白如一块整玉，在阳光下熠熠生辉。雪把树和鹊巢都涂白了，大地优美而素净。三两猎人行走其间，像是谁在白纸上撒了些疏疏落落活动着的小黑点，渐走渐远，黑点越淡，最后与雪山融为一体，令人浮想联翩。良久，层叠的深山里，就会传来一两声枪响，听起来梦一般遥远。

皋落一带山深林密，人只占据它的极小一隅，林莽间活动着多少山牲，任是谁也说不清，反正赶山的人很少空手而回。他们或枪尖上挑着、或麻袋里拖着，有多种猎物：狼，还有山兔、山鸡、山猪。大部分山牲都是美味，狼肉却不能吃，它的用途主要是皮子。把狼皮剥下来熟成皮褥子用，隔潮，也暖和。我常去玩儿的人家，很多家有狼皮褥子，依然带着狼那种四蹄大张的大致轮廓和惊心动魄、已经发黑了的枪眼儿。

狼在人的意识里是个反派角色，它的狡黠出人意表。"狼是军师！"我父亲不止一次这样赞叹。父亲是个孤儿，小时候放过羊，深谙狼性。据父亲讲，冬天羊卧地的时候。狼会捡了农人丢弃的破草帽戴在头上，然后扒着垒堰的石头人立行走，从下一堰地的下风头，慢慢地接近羊群。挨到跟前，狼扔了草帽一跃而上，叼上一只羊就跑，简直如迅雷不及掩耳，牧人和狗只能望而兴叹。即或猎人们在狼出没的必经之地下套，通常也得十分小心，据说狼是"横草不过"的动物。它走在路上，如果看到折断了的草，就会怀疑前面有人设了陷阱，从而小心地绕道而行。这种狡黠，在动物世界里也算登峰造极了吧。

最有特色的，是狼那种强烈的群体意识和报复心理。

话说某天早晨，皋落村几个小青年发现了一条貌似大狗的动物。几个人围上去一顿铁锨镢头打死了。本待剥了皮吃一顿狗肉的，打死了才识得：哪是狗，分明是一只苍狼。

夜半时分，狼群大举来袭。一晚上狼、狗的叫声沸反盈天，村人不及防备，给狼群咬伤了李家的牲口、拖走了张家的肥猪，损失惨重，第二天，村人紧急计议，对狼群全面宣战！皋落是个太行山区罕见的大村，又有冬猎传统，岂惧狼群！他们组织起来，搞了几个漂亮的伏击，又乘胜追入山中，把偌大的狼群打得七零八落、溃不成军。人狼对抗，最终以狼群彻底失败、远遁深山、再不敢进村骚扰而告结束。

这是20世纪70年代初的事情。后来人的活动范围越来越大，狼的地盘日益缩小，渐至于没有了任何消息。盛夏，我偶尔也会带孩子回到皋落村里避暑。窑洞里清凉如昔，只是醒来的蒙眬中再也听不到狼那种老妇人似的呜咽悲泣。欲待跟孩子说说狼的故事，却是如说神话般一无参照和对比，自己也觉得离奇。

我带着孩子去动物园里看过真正的狼。这些不幸的圈养动物毛色惨淡、眼神呆滞，真如行尸走肉。看样子随你扎它一刀，它都不会发出它祖上对抗狗群时那种狂妄的叫嚣，简直无从跟孩子讲述狼性的狡猾和贪婪。狼混到这个地步，也就不再是"狼"了。回想世间具有狼之特性的人反倒越来越多。

想到此，不由得激灵灵打了个冷战。

# 狐魅

　　动物虽然例分雄雌，却因气质和相貌不同，容易给人造成性别错觉。比如狼，总让人觉得是雄性，而狐狸和猫之类动物，就让人觉得是偏向雌性。人与动物，动物与动物之间，是永远的矛盾体，既互相依存，也互相斗争。性别色彩不同的动物，其与人依存的关系、斗争的手段也不同。狼永远让人感觉到它是一种对抗，狐狸的手段，则更多运用了聪明和魅惑。

　　文学艺术作品中，狐狸是狡猾的动物。事实上也的确如此。它身材小巧，又不事张扬，所以总是无声无息。在人没有发现它的时候，它或者早就发现了人。你要是在它出没的山道上挖陷阱、下药枣的话，它极有可能已经在旁静静地窥伺了，等你离去，它就会在这里留下令同类极易识别的记号，如尿液和狐臭之类。它不上当，别的狐也会绕路而行，让你这一番忙碌之功顿时化为乌有。

　　单个的狗是对付不了野狐的，狐狸奔跑的速度经常使狗们望尘莫及。别说一只狗逮不住一只狐，就算身后追着一群猎狗，狐狸亦不惧。它对地形之熟悉和感觉，远胜于狗之上。它的身材轻盈，思路刁钻，偏会领着追兵去结冰很薄的河心奔驰。狐苗条的身体和轻盈的小脚从冰面上不着痕迹地溜过，而那些吃得痴肥的狗儿则会惨叫着"卜嗵、卜嗵"地相继破冰落水。然后，然后狐会驻足，优雅地扭过头来，美目晶莹，静观狗们在冰水里狼狈挣扎，看够了，悠悠然踏雪而去。

狐狸的食谱上，都是些小动物——老鼠啊，青蛙啊，蜥蜴啊，山兔啊。山野里的物件，随它去吃，人们乐得不管；可恨的是，它嗜鸡成性，经常暗夜里潜来，钻进鸡窝，祸害农人的"屁眼银行"。而且它的行为并不止于取用饱腹：它只叼走一只鸡，却会把鸡窝里所有的鸡全部咬死，一只不留。这种阴损，超出了它的需要之外，带有明显的敌视和破坏性质，让农人特别痛恨。

狐有灵性，会修行。家乡有个说法，说狐狸是"千年黑，万年白"——你打山遇到的黑、白色狐狸，都有了千万年的道行，不敢轻易造次，否则会引祸上身。我有同学，其父是本地有名的猎人，自恃艺高胆大竟敢去药黑狐，用凡俗的手段去对付修行千年的灵物，结果可想而知。猎人突然间神经错乱，举动诡异疯狂，且是辗转难医。家人无奈之下，听了有人献计，就请了邻村有名的神汉来驱邪。该神汉进屋大惊："啊呀，这妖味大哩！"赶紧烧符驱妖，却不道此时院内突然风声大作，烧符的火瞬间引着了神汉的衣服，乱哄哄着起火来，若非众人扑救及时，差点就把好一条神汉当场报销。村人从此谈狐妖色变——狐妖，真个厉害。

其实更多有关狐妖的传说故事里，它却并不屑以尖牙利爪来对付人类，到这个境界它就有了更高级的办法——魅。既取你的灵魂，又害你的性命。

我家曾经来过一个亲戚，浓眉大眼身材魁梧，就是看去有点萎靡不振。吃饭的时候，一个人端着碗悄悄地蹲在院墙角吃。无意中我瞥到他碗里的饭食血一样红，不免觉得骇异，忙跑去问做饭的姥娘。姥娘小声告诉我，他是被狐妖缠住了，吃饭的时候饭里拌朱砂，安神避邪的意思。我听了吓一大跳，再不敢往他身后看，生怕看到一条毛茸茸的狐狸尾巴。后来过不多长时间，就听说此人死了，到底是不是死于狐魅，那就只有天知道了。

也有狐妖魅人不成的个案，能胜狐妖的人物必非凡品。家乡关于狐妖的传说甚多，最著名的是明朝时候的吏部尚书、本地文化名人乔宇少年时候遭逢狐妻的故事。

乔宇，皋落人，少年时在邻村私塾就读。乡野行走间遭遇狐魅，缠身许久，幸被恩师瞧破，密授破解之法方得脱身。不久，乔宇高中三甲，少年及第，后来官运亨通，官至大明朝成化年间太子太保、吏部尚书之职。

狐妖大胆，竟敢夺取当朝贵人童贞。若非贵人上应星宿，难保不害他的性命。故事的大结局是：乔宇百年之后，坟茔上萋萋绿草簇拥出一块新碑：乔宇之墓，下缀立碑人：胡妻。乔宇生前未有胡姓妻房，故村人言之凿凿说是狐妖所为。我想这狐妖魅人不成，还有脸自诩人妻，也就虚荣得紧了。加之有了它杀鸡、祸狗的印象在前，再去看蒲松龄的《聊斋》，我就不肯相信狐狸与美貌伴生的那些高贵和善良。把又骚又阴的狐狸写成有情有义且兼具绝世美貌的世外尤物，无非是中国封建社会里不得志的穷酸文人对于梦中情人的一种意淫。退一万步说，即便真有其狐其仙，她那一双媚眼，也只看乔宇，可有一根汗毛轮得到喝大碗茶的老蒲染指吗？

有句古话很解气：再狡猾的狐狸，也斗不过好猎手。幸好幸好。我从小就觉得：阴柔的动物比张牙舞爪的动物更可怕，不出声的动物比大吵大闹的动物更难防备。及至年齿渐长，对人的理解竟也跟少年时代对动物的感觉高度同步。

# 有些树

　　常常觉得，一棵树就是一个人。

　　有些树是孤独的。它落落寡合，却又不是隐士。因为它通常都坦然地、一无遮挡地独自站立在广袤的原野里。这样的树，往往有着粗大的树干和优美的树形，只此一株，足成风景。见到它的时候，你通常离它很远：你在列车的车窗里或是在蜿蜒的山径上。它让你怦然心动，却又无缘近前。这样的树，自有它独特的想法，呼吸深长的、宁静的想法，远比我们那些浮光掠影、转瞬即逝的念头更为深刻和宽广。它是沉默的思想者。风不会送来它的声音。它只用卓尔不群的姿态与你交流。

　　有些树喜欢聚族而居，家人似的守在一起。这就是一片树林了。走进它的深处，你会有一种到别人家里做客的感受。这个家庭里有皱纹纵横的老者，也有皮肤光滑的幼童。相同的基因让它们拥有了相似的面貌。清风徐来，他们用修长的枝条互相抚摸，并和睦地低语、轻笑，狂风大作的时候，它们就挽臂牵手，并大声呼喊，显示家族的力量。

　　有些树三三两两长在河边。这些树无论长幼，一律都很清秀。在我心里，喜欢临流而照的物事，都带有女性色彩。人分男女，树焉得不分雌雄？它们叶片干净，一尘不染，仿佛乡下姑娘刚刚浆洗过的竹布长衫；如果是开花的桃杏，它的花朵又美如少女腮边那一抹轻红。有它们装点，原野平添妩媚，一河张扬风流。这样的树，能不惹人爱怜？

有些树长在庄严的庙堂。在圣贤桑梓的曲阜，我拜谒过孔子手植桧；在双林寺，我瞻仰过唐槐汉柏。对于这样的树，我是深怀虔诚的。古圣先贤的手泽在那根历尽沧桑的老枝上，神明华胄的光辉在那丛青翠欲滴的叶子里，它们无限苍老，又无比年轻。谁能同他们交谈、谁能倾听他们的语言，谁就能洞悉真理。这样的树，能不令人敬畏？

树涵养人的生命。风过翻卷芳香，秋来捧出果实。在大漠，它就遮蔽风沙，在庭院，它就过滤骄阳。除了奉献，它别无所求。

一棵大树被伐倒并带走了，一片风景消失了。它在原先站立的地方，留下个耐人寻味的圆形伤疤。遇到这样的树桩，我总是要在它面前停留很久。从它浅色的圆形截面上，你可以闻到它生前那种好闻的气味，那疏密有致的年轮环环相套，宛如一颗石子投进岁月的湖心溅起优美的涟漪。只要是有心的过路客，就可以从这里读它的一生。年轮的纹理，倒不一定那么规整。因为它这一生也如人，曾经争过、斗过、苦过、痛过，它也许得过病、受过外伤。它也许挣扎过、发抖过。它经历过瘦削的年头、也有过茂盛的岁月，凡此种种，都会在这个截面上留下不同的轨迹。伸手抚摸它的时候，我总是怀着类乎触摸人类伤口的心情，我想：它被伐倒的时候，一定很疼。而现在，它依旧疼。

家乡有个风俗：一个人故去了，他的后人会在坟头上插一根柳枝。柳是见土生根、见风生枝的树种，不消三年两年，独枝即可成树。清明时节，子孙们来到坟上祭扫，柳枝婆娑，欲言又止，真个见树如面。烧完纸走出老远，你再回望，那柳还在原地依依地目送。坟地多在高山之上。故去的先人就以这青柳为目守望家园，照料子孙。乡俗：柳长得好，死者的子孙必然兴盛。

佛教里有所谓菩提树。"菩提"，梵语意为"觉悟"，传说释迦牟尼曾在菩提树下悟道，所以它一直被视为佛教的圣树。每每看到这个词，脑海里就浮现出佛祖的面容：他那低垂的眼睫半遮了睿智的目光，眉宇间满是不忍之色。他就是一棵枝繁叶茂的巨树，当人们在尘世的风雨里耐受不了的时候，奔到他的树荫下，总能得到一些温柔的庇护、苟延的喘息。菩提树啊，它是佛的化身，也是人类苦难的化身。

儿时从古籍中得知：有个地方叫天造谷，生长着一种叫"建木"的大树，其根深植于大地，几千里不足以喻其广；其梢拂扫九天，几万丈不足以喻其高。我们的祖先伏羲、黄帝曾经缘着这架天梯直达天庭，与诸神共语。拍案惊奇之余，心中遂有梦想：等我长大了，定要带上干粮盘缠遍访四方，到达那神秘的天造谷，找到那神奇的建木，然后缘木而上，尽览九天之上的风景。这个梦困扰了我半生，以至于年过不惑方才有解——何必作形而下的奔波，我们每个人的心，都是一方天造谷。只要以道德和智慧的血液勤加灌溉，建木就能从这里蓊蓊郁郁地生长起来，并负载我们轻灵的精魂径直向上。只要攀缘不止，我们这些中华儿女啊，必能如我们伟大的祖先一般，到达理想中的神性境界。

## 蓝色的老宅

某日，一只猫在母亲的屋脊上行走。

猫的脚步，该是有多么轻巧。但是还是有一片蓝瓦被它踏落下来，"啪"地落地了。

这片几百年前的手工制品慢镜头般地悠然而下，在檐下锃亮的红色地砖上悄悄地一响，原地碎成一朵蓝菊的模样。

母亲的老宅，原先是处庙宇，始建年代已不可考。檐下两根大柱，那鼓状的青石柱础带有明时的印记，我据此认为它是一处明代建筑。它的正殿做了我家的客厅，不用说有多么清凉和阔大，两边的配殿做了卧房，也比普通的卧室要高要大。原先住神的地方住了凡人，老宅由神庙到民宅，实属降格，其改动当然也不小。细密的花木窗棂改成了大幅面的玻璃，廊檐下古旧的方砖也换了大块的釉面砖。小时候懵懂，见把旧房子一点一点改造得贴近现代和流行，每次都高兴得欢呼雀跃。

人到中年，心情却渐渐不同。我开始痛惜它仅余的原物：墙和瓦顶。

墙是青砖所砌，顶为蓝瓦所覆。砖和瓦都细密有序，暗含着无声的语言。人若沉下心来，可以听得到它们在时间深处的低唱。

清明未到的时候，雨已经开始下了。大大小小的雨点斜刷在砖墙上，像遇墙而入的精灵，只在墙面上留下不规则的细碎湿点如一块蓝印花布的模样，最终，整面墙全湿了，变出一种簇新的深蓝，却始终不见水流顺墙而下，我想这前朝的古物该是有多么干渴呢。但是它又是有生命的。喝饱了水，就可以变回年轻变出鲜艳，这却是人的生命办不到的。

瓦顶就更加耐人寻味。

我在央视的纪录频道曾经看到过某种鱼成千上万条簇拥着穿过一条河道的壮观情景。这些蓝瓦挤挤挨挨的排列常使我想起那种鱼、那个场面。晴好的日子，蓝瓦哑默静悄且凝滞不动，浮头托着一朵一朵皎白的轻云，如同鱼群在电视画面里一个静止的截图。而一到雨季，银亮的水珠在瓦面上蹦跳碰撞不止，整个瓦顶上如同开了锅似的白汽弥漫，呈现出十足动感，仿佛那湿漉漉的瓦变成蓝鱼游动起来了，非常的生动。

屋脊上还或蹲或坐着些活泼的小兽。除了脸朝外盘踞在屋脊两端的那家伙我知道叫"鸱吻"之外，别的我并不能识。传说鸱吻是龙之九子之一，喜欢四处观望，同时兼有行雨防火之能，古建筑多为土木结构，最是怕火，所以特地请它来这里坐镇。庙宇远高于民宅，鸱吻坐于屋脊两端，一者有消防之用，二者能遂其远望之愿。而我觉得：它还看守着这些蓝色的鱼，使其各安其分不得随意行动，所以这处由庙而宅的古建筑才得以几百年流传。

南朝四百八十寺，能有几座传到今？损毁的原因多因火：天火或者战火。而这座蓝色的老宅却安然穿越几百年时空，从未遭受过火厄。我感激这静坐守护的鸱吻。

中国古人崇尚俭朴。体制所关，除了顶尖的贵族阶层和少数香火鼎盛的名寺之外，民间建筑不用五颜六色的琉璃瓦，这处老宅也不例外。它的前身虽是庙宇，但是除了体量轩敞远大于普通民宅之外，通体青砖蓝瓦，色调朴素而优雅，绝无艳俗浮华。我们兄妹小的时候，常常在这长二十米、宽二米的廊檐下端碗吃饭。这里冬暖夏凉，遮风避雨，又对着满院子异香扑鼻的花草，是最好不过的餐厅；下雨的时候无处可去，它甚至容得下我们的追逐嬉闹。而今，兄妹四人各自成家立业，有如飞鸟离开了这蓝色的古宅，父亲也于九年前撒手人寰，偌大的宅子里，就剩了母亲一人。

母亲经常搬一把椅子在廊檐下静坐。灰白的头发和安详的神情使我觉得：她已经与这处古宅融为了一体。宅子太老了，雨下得急的时候，偶有滴漏。曾经有人提议：把它的上盖（即房顶）揭了，做一个新顶子吧。母亲断然拒绝了。我知道：她舍不得这蓝色的瓦顶，舍不得在屋脊上忠实地坐了几百年的鸱吻。

母亲近年有点耳背，蓝瓦落地的声音她没有理会。我赶忙悄悄地把几块花瓣似的瓦片拾起来，拿报纸一包。匆忙之间我瞥见，这不是房顶上普通的瓦，是檐口的"瓦当"，桃形，上有美丽的云纹，本地人称为"毛桃滴水"的便是。心里不由得一呆，又一痛。瓦便与人一般，身份贵贱各不同。众生虽都有一命，草民去了无声无息，科学家艺术家凋零则会引得嗟声如潮，手握乾坤的大人物去世，尚且要昭告天下、降半旗什么的。这偌大的屋顶，瓦片无计其数，檐口的瓦当却就这么有数的几枚，起码算是瓦片中的艺术家吧，这损失，难以形容，何况我又不能告诉人：别人听了莫名其妙，母亲听了心痛难忍。那么这个悲痛，只有我一人来当。

也不能怨那只闯祸的猫。只要鸱吻允许，它当然可以在瓦顶上行走。瓦当的跌落，应该是天意。

抬眼打量这蓝色的老宅，檐口缺了一个瓦当，似乎人掉了一颗牙齿，痛不痛的不说，多少有碍美观；老宅却是神色自若，一副风过水无痕的安然。母亲在屋里睡着了，也是平静的鼻息。生命在流逝，在我们的不经意间。

打开报纸再看这瓦当残片，见它的断茬处竟是一线惊艳的土蓝，同时闻到远古泥土的气息，清晰地传来。

022

# 阅读一片枯叶

东，是地理方位，寨，是人文名称。两个字一合，就有了太行山深处这个蓝烟浸润的小小村庄。

晚清时候，东寨村里王姓一门连出叔侄两代举人。若干传奇之外，还留下一片规模不小的古村乡绅建筑。吸引人们前往探访。

这东寨村全村坐落在一片朝阳的山梁上。从山下往上看去，恰似一面挂在山梁上的簸箕。

最高处，相当于簸箕里端最深的那个部分，是老举人宅。房屋密集，厅堂轩昂，青砖灰瓦的建筑占了足有五六条街巷，俨然村人头顶一个庞大的平台。屋脊上彩色的琉璃瓦点缀其中，越发在穷山恶水的北方山区渲染出一番峥嵘气象。

老举人宅旁，乃是左祠堂、右官坊。老宅稍出，则是小举人宅和戏台。一村气象到此观止。再往下看，就是低矮的民宅，渐渐地顺着山势散落开来，越往下越显稀疏。

至于为什么这么分布，民间至今有个说法。稍具农家生活知识的人都知道：用簸箕扇谷物的时候，谷糠和草皮这些轻贱的杂物总是会随着风势出到簸箕口，然后被扇簸出去，留在簸箕里端的，自然就是珍贵的纯粮了。

地理分布是这样的讲究，名称里的"寨"字，亦非浪得虚名。老宅背靠绝壁面朝陡坡，虽比不上"一夫当关，万夫莫开"的华山之险，却也易守难攻，透着一股占尽地利的霸气。和平年头是高高在上的民居，一逢乱世，这里立马就可以当"寨"坚守。

所以你要想拜访东寨举人宅，那就得先费一番辛苦，跟我攀上太行山的脊梁。

即使对古建筑一窍不通的外行，也能看出这片老宅取材和施工的考究。所有建筑的转角都采用磨砖对缝的工艺，砖缝细密到插不进一枚铜钱，所以特别坚固，就是流淌的岁月，也磨不秃它方正的棱角。

太行山民间通常的三雕：石雕、木雕、砖雕工艺，在这里被发挥到了极致。檐头、影壁、屋脊、回廊，都春天繁花般地缀满了各种手雕艺术品，或粗犷豪迈，或细腻柔情，或庄重大气，或秀丽轻盈，无不构图匀称，线条流畅，美轮美奂。时至今日，这些古旧的艺术珍品仍然发散着超时空的艺术魅力。传统的内容和题材，也寄托着农业文明特有的种种人文理想：多子多孙、步步高升、连年有余、福寿双全、喜上梅梢……遥想它当年红火的时节、满院满巷的匠心被绿云似的树影一掩，该是多么富有艺术感染力的繁复画面！

就连后墙，举人叔侄也不肯马虎。后墙上所有的出烟口，都用砖、石材料镂刻成透空的雕花圆口。莲、桃、石榴……人世间甜蜜的果实、美丽的花朵，疏疏落落地定格在墙面上，实在也是村巷一景。晨昏时分，淡青色的炊烟就会从这些隐秘的圆口里袅袅逸出汇入山岚。古时候的乡村文化人，专会在土得掉渣的日子里，借助生活细节酝酿精致的情怀。

小举人住过的院子现在有农户居住。东西厢房除了窗子改过，与整个建筑的风格显得不甚协调外，其他部分还依稀保留着原貌。坐北朝南的主房却是在抗日战争时期毁于战火，只遗下高高的台阶让人追想它昔日的气度。

老举人的老宅屋檐叠架、斗拱斑驳，规模更大而气势更为雄伟。它能安度九九八十一劫，完好无损地传到如今，真个堪称人文奇迹。遗憾的是，沉重的大门不知在何时已经关上了。一把锈迹斑斑的古锁，把时间锁在门外，世界，也锁在门外。

试着推门，门被推开一道缝。扒着门缝往里望，门里的世界恍如古旧的梦境。

宽绰的院内，厚实的大方砖巧妙拼接，砌成菱形吊角的规整图案。砖面上已然浸染了铁红色的水锈，砖缝里却摇曳起水葱样青碧的茸茸细草，整个院子就像一块红地绿格、如梦似幻的大布。阳光，此时正像调皮的小姑娘，在这块大布上跳跃。

而高高的青石台阶则像天梯，把人的目光一直引到门缝里望不到的高处去了。这番情景看得久了，很容易让人生发这样的幻觉：两袭潇洒的青布长衫拾级而下，仆佣如影随形。青衫布履过此门、出此巷，眼前豁然开朗！十里山川顿收眼底，胸襟为之一爽。诗书满腹的叔侄俩，既在太行山的一隅构筑了自己的宫殿，怎能甘心被世界遗忘？作为贫困山区难得一见的文化人，他们已够孤独、寂寞。结庐山顶，自诩为人中精英，当然就需要这俯瞰的感觉，当然就需要这万人之上的高度，以便心灵随时可以展开飞翔的翅膀。很难想象，在那些属于他们的年代里，他们是如何的居高而望、临风而栖、对月而歌，并从晨曦里渐渐展开的广袤田野上，放飞他们无法收拢的野心。

哦，谁的目光，曾在最高处燃烧？

起风了。历史的翅膀瞬间掠过庭院，滴下一地苍凉。我缩回推门的手，门轴"吱呀"一声叹息，门又关严了。无数个沧桑古梦瞬间远去。

阳光下的庭院仍静静地站立，静如水底的枯叶。

但这绝不是一片普通的枯叶。当你也像它一样静下来，你面对它，细细地审视它，你就可以顺着它繁复的叶脉读出很多故事，读出前人的自信以及他们对社会、对后代的期望，读出曾经被老小举人的青色长衫撩起的、那股带有艺术味道的风。

## 在 "夫子岩" 想念夫子

我们沿着一条河水走。这是昔阳的母亲河——松溪河。松溪河挨公路的这一端清浅，靠山的那一端幽深。翡翠似的水面之上，有个天然石窟，名叫"夫子岩"。

夫子，古时候指饱学之士，若无特定的语境，人们一般默认是指孔子。《论语》里那么多"子曰"，只能是"孔夫子曰"。然则，这里出现的石窟为什么要以"夫子"来命名呢？

无独有偶。夫子岩下有个村庄，叫"孔氏"。奇的是，全村大小人口，没有一家姓孔。再细推问，敢情这村原先的名字，更加古色古香，叫个"孔子里"。这个"里"可不是现代汉语里外的里。古语，五家为邻，五邻为里。五五二十五户人家，这是一个古村落的规模啊——孔子里，直接就是"孔子村"。

夫子的老家在山东，地理距离遥远。翻阅史籍，孔子周游六国，并没有路过晋国的记载，那么是乡间野史、口头传说年深日久的讹误吗？访问乡间老人，对我这种怀疑很是不满。他们不仅言之凿凿，而且故事的轨迹也很是圆满：当年孔圣人的的确确从此路过，当时风雨大作，他老人家带着弟子们在夫子岩里避雨来着。因为随带的典籍著作被雨淋湿，老人家就在岩前一块石头平台上把书一页一页地拆开来晒，石面上从此留下字迹，亘古不灭，此台就叫"晒书台"；而夫子问道于村民，感于此处古礼犹存，民风温良，慨然以姓相赠，是故，这个无一家一户姓孔的小村从此得名"孔子里"。

涉河，踏着荒芜的小路，我这个夫子的第七十四世孙走进了夫子岩。触眼荒凉。就是眼前这个天造地设的石窟，曾经为夫子遮挡过两千五百年前的风雨吗？窟中有碑一通，题为《重修夫子岩叙》，是清代嘉庆年间一个士子所立。字迹尚未完全漫漶，不仅记载"洞内塑先师及四弟子像"，还描述"……于是修抱厦一楹，洞口仍石砌而筑月窟焉，即有暴雨而圣像免浸剥矣。"那么遥想当年，窟底有塑像，洞口有挡水石阶，这个所在还是蛮看得过去的。

世间许多事物都会在时光的流转中消失，特别是建筑。它从修好的那一刻起，就选择了一条通往坍塌的道路，结局总是寂凉而困惑。现下不仅窟内空空，就连窟前那鼎鼎有名的"晒书台"，也因拓挖河道的需要而被崩坍，化做零碎一堆，不知是砌入了谁家院墙，还是填补了谁家台阶。想来不胜伤感。这永恒的残缺，也许只有以夫子那样的胸怀，才能安详地阅读。

时光虽然淘洗了硬性的建筑，夫子的影响却穿破时空一直留了下来。昔阳是老区，人道是"民风淳朴"，孔氏村所在的龙岩一带，是老区中的老区，有着淳朴中的淳朴。异乡的发财梦和光怪陆离的夜生活跟这里没有丝毫关系。这里的人不能想象、也不奢望财富支配下的那种高速、晕眩、奢靡而残酷的生活方式。该走的人走了，如似风吹走了一片两片树叶；该在的人还在，日出而作，日落而息，偶尔可以听到劳动者的歌声。阳光下的田野如同堆绣，田野里原生态的出产取之不尽用之不竭，这已经是够幸福的生活。龙岩本属丹霞地貌，山间公路精选本地自产的红石铺砌、白灰勾缝，宛如一条巨大的花蟒在山间蜿蜒，全石砌的红石房一般都没有院墙，屋前整齐地堆垛着做饭用的柴火，每到饭时，炊烟四起，令人看了乡愁弥漫，仿佛自从夫子来过，这里的格局就原样保留下来，再也未曾改变。山岩，还是那时的山岩，而人，也还是那时的子民。

我想象着夫子坐牛车、携弟子，奔走于途的情形。夫子是圣人，不是神人，所以不得释、道高人的那般潇洒，不可能"朝游北越暮苍梧"，更不可能"一声飞过洞庭湖"。读万卷书，他一行行地读，走万里路，他一步步地走。他带着门人弟子，奔走卫、曹、宋、郑、陈诸国，走一处败一处，受了多少白眼和闲气，甚至经历"断粮七日"的窘境。而夫子过龙岩，在此避雨、晒书、问道，都受到了尊敬和礼遇，老人家该是如何的感喟啊。

我想象着夫子站在窟里仰头看雨的情形，经常可见的"万世师表"和"文宣王"的画像支持了我对于夫子的想象。我想他是个身材高大但态度和蔼的老者，因为谦逊，难免带出些驼背。他朴素而又高贵，在对人的平常生存和情感的体认中，呈现出一种深刻的睿智和宽厚的仁爱。他善于将高深化为平凡，理论化为细则，就如揉开了一朵惊艳的大花，把细碎的花瓣一粒一粒地轻轻撒入农家的茅屋和学者的书斋，使书页间和犁锄下都散发出相同基因的香气，使耕者和读者都具有了一种东方气派，使后世的中国人拥有了一种独特的、异于其他民族的思维和智慧。他给后世留下的，是中国人深埋骨髓的哲学、美学、伦理学。

从我开始向上逆行七十四代，夫子站在那里等我。即使我身生羽翼，我也永远飞不出他的精神磁场。随着"孔子学院"开在越来越多的陌生国度，随着"汉字听写大会"吸引了千万个家庭，随着国学的振兴，我中华民族必将找回自己失落的精神之父，跟着他回归和谐、优美、规矩、清洁的生活。中国人，必将成为全人类最优秀的范本。

## 县衙、状元台及文化县

昔阳古称"乐平"，其旧城在一个高爽的土埠之上，现称"上城街"。若从高处俯瞰的话，古县衙坐北朝南，如一方大印，稳稳地摆放在旧城中心。

据 1915 年《昔阳县志》载，乐平县衙署始建于明洪武二十二年（1389），清乾隆四十一年（1776）重修。也算有些历史了。

我自小居住在上城街，县衙离我家不过一箭之地。我记事的时候，县衙里就是空荡荡的，仪门、大堂、二堂已经随着岁月的流逝而烟消云散，只有中轴线上的台阶和柱础还在，依稀可以看出它原先的规制。一处一千五百平方米的院子，足以容纳我们这些顽童的奔跑嬉笑。旧城街道狭窄，这是唯一一个空旷而又开放的所在。

记忆中那些被多少代先人的鞋底磨得锃亮的方砖和偶尔可以捡拾到的瓦当残片，不经意间就会击中心底什么柔软的部位，使小小的人儿偶尔停下脚步捉摸片刻，也许，从中闻嗅到一些与周围的现世不同的气味，只是，既不分明，又难以言说。

旧时衙署这类官方建筑，多有明确的规制，增之一分即有僭越之嫌，所以格局大同小异，乐平县衙值得一说的是它门口的这一对状元台。

状元台是县衙大门两侧左右对称高约一米的两个月台，周遭筑以青石，中间砌以青砖，朱红漆柱的柱础，就落在台面上。它看似朴素，却支撑着昔阳这方百姓的文化骄傲。据说只有县里出过状元，才有资格在衙署门口修建状元台，科举历史流变一千三百年，史上共得状元七百七十多人，昔阳小县占有三个名额，三位状元分别是宋代的魏时中、金代的杨云翼和贾廷杨。所以乐平衙署门口得以大大方方地修一对对称的状元台。说到通过科举取士的途径荣登仕途并大有作为的乐平士子，史上就更是不绝于书。有风水高手看过昔阳旧城"五龙拱首"的地理形势，曾经肯定地说，昔阳是个出人才的地方！这里这个"人才"，我理解应该是不拘一格的，包括政才、文才、匠才等。出多少？"三斗三升芝麻"之数！我从小就听到过民间这个说法，觉得古人以芝麻之微来配斗、升之巨从而形成一种对于天文数字的表述，实在是很有趣的事情了。

早在新中国成立之初，昔阳的群众文化工作就已经领跑三晋、享誉全国，成了文化战线的一面红旗。1959 年，昔阳县被国务院命名为全国首个"文化县"，昔阳的文化名人及政府官员多人次得到毛泽东的接见或参与国家级的大型文化活动，一时神州瞩目。全国各地来昔阳取文化之经、学文化建设的人们，早在 50 年代末就已经奔走于途了。有些人的偏见中，昔阳人只会种地，面朝黄土背朝天，老实而木讷，他们所夸赞的"淳朴"中似乎带有揶揄，带有同情，带有"没文化"的小觑。真相却正好相反：农业和文化，是昔阳两条强劲的传统主线，既有紧密联系，又呈相对独立之态，二者珠联璧合，水乳交融、交相辉映，方成就当今昔阳人文之大观。试想：若没有千年流传不息的文脉造就这一方勤劳智慧的人民，若没有充沛的文化生态为本土精英的成长发育提供独特环境，你以为种地种出名堂就那么容易？

奇迹只是表象，隐藏在奇迹之下的文化沃土，使得奇迹不奇。来了昔阳你就知道：奇迹本是必然。

旧城区有两所学校：西大街小学和昔阳中学，与县衙都相去不远。花朵一样的小学生背着书包路经状元台，洒一路童真的笑语。孩子们可能还意识不到这两个在本县有着重大文化象征意义的月台如先人洞穿千载的慧眼对他们默默地注目和祝福，而作为省重点高中的昔阳中学的学生，思维就要复杂得多了。昔中的学生，已经初具昔阳人硬朗、强势、积极上进的地域人文特征，看他们眉关微锁，目光坚定，行走如风，一个个把腋下的书本夹得紧紧，就可知他们坚定的信念和对日后成就的期许。大人们望着他们的目光，一则以惜，一则以喜。惜的是：孩子们念书，确实苦，不容易，喜的是：凡进入了昔阳中学，就意味着一只脚已经踏进了高校的大门。再稍用劲，就可以登堂入室了！昔阳小县每年向全国各高校输送五六百名优秀生员，每年都有清华、北大这样一流高校的录取通知书敲锣打鼓地送到平头百姓家，学生本人喜，家长喜，左邻右舍喜，一县人争相传诵，皆大欢喜。颇有点"一举成名天下闻"的味道。只有在这块热土上出生、成长，才能深刻理解昔阳人这种科考情结。

2010年，县政府出资对县衙进行了一次比较彻底的修缮，状元台仍维持原样。它存在的意义小部分在于旅游，大部分是作为一个凝聚的气场，作为一种文化象征，这才是更重要的。

愿县衙千年万载地存在下去，愿状元台永永远远地守候昔阳作为文化县丰厚的人文传统和已经深深浸入县民们骨髓的农耕文明。

# 暗香

昔阳和榆次之间的交通，有高速、低速各一条可供人们选择。

所谓"高"是太旧高速，所谓"低"即 317 省道。

"高"或"低"里程差不多，都有弊端：走高速需要付费；走低速则有多处固定或流动的测速，如吸费陷阱。简直"高"既不好成，"低"又不好就。

那也得走。作为市辖县的昔阳，于公于私，都与榆次有着千丝万缕扯不断的情缘。在昔阳——榆次间来来去去，就当是一种宿命好了。

如果不用赶时间，那么我尽量选择走低速。尽管遭遇过罚款扣分，依然不改初衷。我爱着 317 省道的沿途风景，我把每一次行走都当成了短途旅游。

四时景致不同，各擅其妙。春来的绿，秋至的黄，都由一路随行的潇河和两岸厚实的田野演绎到了极致。那雨过的清新和雪后的素雅潜移默化地滋养着我们平凡的生命，使我们得以在信息泛滥、技术更新、动荡不安的当代，循着这条诗意的线路，瞬间回归到生命的本真。

今天下午从榆次返回，正值初夏，满眼好景。车过沾尚，从摇下玻璃的车窗口袭来一阵暗香，令人心旌摇荡。看看时间尽有，不免拐出主道，循一条红泥土路上山寻香去者。

一路上行，山势越见陡峭，土路上尽是急水冲出的泥沟，如群蛇般盘曲蜿蜒迎面而来，心中不免惴惴，然花香也渐浓郁，又让人欲罢不能。纠结间，忽然仰见一片金子似的灿烂，仿佛有神佛在此随手一指，寂无一人的山坡上突然就变出了中世纪欧洲皇室的宫殿。

——千万朵黄花密匝匝铺排成阵，风动花枝，花香随即飘溢四野。

一时把我惊呆，在车里静静地坐了好久。

花美，不止于美；花香，不止于香。还有一个要紧的形容词，那就是："壮观"！最难得：这么多花，这么多香，只围绕我，只献媚我。我，受宠若惊！

赶紧望向来路，依然悄静，杳无人踪，似乎，连闻香即至的蜂蝶也未见现身。大喜。我一向孤独成癖，吝啬成性。我以为最好的东西，绝不愿与任何人、任何物分享。就如此刻，我端然独坐，如王，尽享万姬簇拥的惬意。

天风浩荡，吹人欲走。这才悟到：蜂蝶的翅羽，怎敌得过这狂放不羁的山风。只有万物之灵的人，只有人中浪漫敏感如我，才有如此造化、如此机缘来采撷这尘外风景。

推门下车。花丛散漫摆置，并没有预留出供人通行的间隙；费了很多时间、受了很多刺痛才走进花海深处。

山风浩荡，花枝不停摇曳，单瓣的花朵分合翻卷，浓香如一床绵密的锦被整个包裹了我。即使每一朵只发出一点点香味，它汇聚成海的时候，这香味也就很强大了。想想看。

黄花的学名我不知道，民间俗称"柬柬花"，小时候在皋落乡下曾见它一丛丛一簇簇零星地开放于路边或崖间。只是从没见过这么大的阵势，亦不记得它竟有着如此浓烈的香味。今天的它，跟我记忆中的它几分相似，又几分不同。

我相信它开在这里是为了等我。它准知道我今天下午要来，要不，那一股好风，是怎样把我就引上山来了呢？

岂能负它？——亦不忍折它，只能用手机给它留些影像在记忆里了。要不，万一哪天有人看到我写的这段文字，必定疑心我在编排。一个寻常开在山野里的小草花，哪有我说得这么热闹！

立此存照还是有必要的。

镜头里的繁花，如同泼翻了王母的花篮，它们是那样热烈地纷披下来。那些正在盛开的，简直有如纯金打造，洋溢着贵金属般的光彩；那些含羞初绽的，却毛茸茸的如同刚出壳的鸡雏，有着可爱的绒毛质感，那些已经显出颓势的花朵，只是花瓣变薄了一些，边缘毫无缺损，而且更加通透，明朗地流动着日影，而那纯黑的花蕊，妩媚地点缀在这灿烂的黄色里，是美人的眼睫。每一朵每一朵，它们都是如此完美。

惜别"楝楝花"，意犹未尽，车到"崇家岭"的路标前，向右一打方向，我又拐到村道上去了。这条路非常窄，很多地方仅容一车通过，从离开公路的地方起，它就如一条有质感的绸带一般，不断地向下沉，向下沉，直落向幽深的由原生态的杂木林和灌木丛共同组成的秘境，许许多多不认识的植物把它们的手臂伸将出来，多情地拉扯过路的行人。哦，我又找到它了。这棵开满了小白花的树。它的身姿秀气，却扬出一派馥郁的苦香氤氲了整个峡谷，让我遥遥想起小时候，班里有个安静的单眼皮女生身上穿的那件素素的花布衫。真想停车等一个本地老乡，打问下它的芳名。但是山路蜿蜒，始终没有一人一车出现！

一只山雉大摇大摆地横穿公路，见我要拍照，它就一拍翅膀愤愤地飞走了。是啊，它觉得它是这里的主人，你商量都不商量就拿个破手机比着它，这肯定是大不敬。

好吧，就算你厉害。

薄暮以肉眼看不到的速度从天而降。我，载着一车暗香回家。

# 合掌如华

## 一、卵石、水洼

都说天下名刹古寺占尽人间地脉风水，那么卧佛寺下这片卵石滚滚的干河滩，想必是远古时候一条清波浩渺的大河了。

不是水的力量，谁能从远方搬来这么多质感沉重的石头；谁又可能在漫漫岁月中把这些桀骜不驯的山石挫磨成这般圆秃的情状。

只能想象，那条生动的大河在某个清晨或是月夜，突然化做一条长龙振鳞飞走了。一声长啸之后，清波永失，只余这些大大小小的卵石在阳光下煞白着脸，露出它们愚顽的本真。任是天天听着暮鼓晨钟，佛号梵音，它们仍然是不能点头的顽石。

幸好有你，卵石间一个小小的水洼。任是天风烈日赤地千里，不见你的水位降一寸；任是数九寒天滴水成冰，不见你的水面有浮冰。东山一寺僧众、西岳一庵比丘，远道而来的香客、风尘仆仆的路人……都会不由自主在你身边驻足，舀一瓢甘露般的清水，一解人生的焦渴。

你是那条绝情飞去的大河，留在人间的一个美丽脚窝吗？你是那条永不回顾的龙，脱落在这里的一个寂寞鳞片吗？你是悲悯众生的佛，向这十丈红尘含泪的凝眸吗？哦，你这纯洁如处子、温润如美玉、清甜如晨露的水洼啊！

## 二、卧佛

佛在太行山间静卧，已逾六百年。

而史料记载，佛已于两千多年前涅槃。

那有什么关系。因为觉悟，因为宽恕，因为慈悲，涅槃后的佛显然没有离去。他存在于一切所在：寺庙、山林、民居，他端坐于信徒的深心，并现身于所有人类的脚步所能到达的地方。

此刻，他侧躺在一个天然溶洞里。他头北脚南面向西，仍然是圆寂时候的姿势，他面如满月，眼睑微垂，神情安详，仍然是长行之前的模样。六百年前的工匠，显然也是虔诚的居士。若非如此，又何以解释他传世的作品：佛的面部精雕细琢纤毫毕现，那螺纹肉髻仿佛仍带着生命的光泽和弹性，眼睫一眨，智慧的灵光又将四射；而佛的身体，却由一些粗犷流畅的衣纹导引着，渐次延伸向身后的山体；至膝，沉睡的佛已没入大山，与沉默的山岩融为一体。佛耶？山耶？俗人哪知。

吾佛在此，吾佛完美。无怪佛教的教义里说，只有美的身体，才能负载美的心灵。然而这个样子的佛，怎么能让爱他的人们相信"寂灭"二字？溶洞空阔，穹顶有被时间之水蚀透的小洞透进微微星芒。佛前的空地上，一根石笋正一点一滴耐心地生长。

此处远离红尘，此处与佛相对。何须青烟缭绕，何须五体投地。我只以心为香、以体为盘，合掌如华，表示喜悦和恭敬。

隐藏在内心的那颗明珠，遂受佛的拂拭，光华万丈，而明珠之上那朵蕴蓄已久的莲花，也在佛慈悲的注目中，徐徐开放。

这简陋阴湿的溶洞，因为一颗伟大心灵与另一颗卑微灵魂的瞬间对接，而显示出月照寒水般的明净悠然。

人们常叹"做人难"，然而一撇一捺，就能轻松地写出一个"人"字；如果有谁留意过"佛"字的话，那他会不会这样觉得："佛"并不是神，而是一个"人"，走过了蜿蜒盘旋九曲回肠，然后豁然开朗，为众生找出了一条越走越宽的路？

万物的生生枯枯、明明灭灭，人间的悲悲欢欢，离离合合，连同那些蜗角虚荣的烦恼、毛毛分分的计算，都忘了吧。在天籁般的佛乐里，我是天池里沐浴的赤子，找寻到了生命的源头……

人皆是佛，人皆可成佛！有朝一日，平庸卑微如我，有没有可能，也挣脱红尘的羁绊，实现自由而喜悦的涅槃？

# 佛在民间

世事沧桑。昔阳老城区，如今已浓缩为昔阳新城的其中一条小街，是为"上城街"。

沿上城街一路向北，向北，走到最北头，路左有条细巷，循巷而进，你就会与一座小小寺庙觌面相逢。寺庙亦如人，有小名有大号，民间呼为"北寺"，正名则是："崇教寺"。

巷子所在，是乐平镇西大街村的地盘。寺庙混在密密麻麻的村民蜗居里，被小卖店的市声、油坊榨油的味道和小学校的琅琅书声包围，如年代久远的宝珠半掩于泥土。若非那两扇厚重的、不同寻常的木头大门和门楣上蓝底金字的匾额，路人很可能会无视而过——简直难以看得出这是一座寺庙。

从来的印象，佛祖慈悲，却也清高。话说天下寺庙占尽人间绝佳风水，南朝四百八十寺，多少楼台烟雨中。佛寺讲究的是曲径通幽，香火钟磬、佛号梵音最宜缭绕深谷、宛转林间。然则，这小如农居的北寺始建于宋，继修于元，居村坐巷，积今已近千年，苍茫岁月中没有人专意为它秉笔，所以我们无从知道它是怎样地穿越刀兵战火、饥馑流年、风雪雨雾、自然灾害，几乎是毫发无损地来到当代，这只能说是文物保护史的一个奇迹，如它本身般小巧、精致而又温暖的奇迹。

推开三寸厚的沉重木门，门轴居然很是灵活，并没有年久失油的"吱呀——"之声。院子只有一进，格局也简洁，中轴线上由南向北建有前殿、后殿，东西两侧对称排列配殿，共四处殿宇。主体为元代风格，悬山式屋顶及前檐四扇六抹隔扇门、破制棂窗，保存基本完好，最令人称奇的是，四座殿宇梁、架互通，屋顶相连，如环抱若携手，不知爱煞多少建筑专家。据说这种建筑格局，在全国也甚为少见。于是居于民巷的小寺，于 2006 年 5 月 26 日被公布为全国重点文物保护单位。

然而对于善男信女来说，北寺就是北寺。全国保护也罢、地方保护也罢，北寺是个形而上的地方，是他们安放心魂的地方。淳朴的农人，大事小情都不免到佛祖跟前汇报一下，大灾小难都想求佛祖保佑。大男小女都希望佛祖荫庇。故，释迦牟尼座前并不寂寞。那一对明黄色的拜垫上，常看见些虔诚的身影。举凡家有老人求长寿、家有病人求痊愈、家有儿女求进学、求婚姻、求就业、求子嗣，甚至于求发小财、求遂小愿……诉罢抬眼，见佛祖眼睑微垂，跣足坐须弥，手施无畏、与愿印，面带慈祥微笑，似已把一切祷告听闻。于是心安理得，满心喜悦，连连叩头，一身轻松地回家去。家，也就在一步之遥。

也偶有豪车载客前来。车必停于巷外，豪客至此，也就敛了豪气，悄没声地捱进寺门，一般卑微地伏了，三拜九叩。至于这些人祷告了些什么，只有佛知道。佛依然是满面的平静，一样的听闻。于是笔者观而叹服：所谓不喜不怒、不卑不亢、不垢不灭的禅境，所谓容纳一切、化解一切、怜悯一切的胸怀，只有佛，还是佛。

院子小，但是因为周围民居低矮，所以站在院里看到的天空并不小。据那些常来上香的善男信女们说：天气晴朗的时候，站在院里经常可以看到五颜六色的日晕，但是走出这院子再看，就没有了。怎么解释？不好解释。寺庙年代久了，香火又盛，真有灵异也说不定。

北寺没有下水道，雨水怎么走呢？院中央有个圆洞，小雨不动声色，大雨形成漩涡，院里始终不会积水。那么北寺这独特的排水系统又是怎么一回事呢？

话说一千年前北宋建寺的年头，崇教寺里的住持僧名叫释维。为建北寺，劳心粹力，居功甚伟。工程的最后一项，是硬化地面，工匠们请示：雨水怎么走？释维大师早有准备，他从房里拿来一把没盖的茶壶，说："用它就行。把它埋在院子中间，留个小口。"工匠们十分景仰释维大师，虽然个个心里嘀咕，还是照办了。说也巧，开光仪式刚结束，倾盆大雨说来就来。霎时，寺院里平地起水，眼看就淹到台阶上了。挤在廊檐下的工匠们焦急万分，不约而同地拿眼去看释维大师，大师不慌不忙地从唇间迸出一个字："开！"顿时，院心处显现一个大漩涡，一院子水"咕嘟嘟嘟"地旋转着，都打埋壶的那个小洞流走了。作为建寺的功臣，释维大师的名字被载进正史，他那把神壶也在民间口头文学里获得了永生。

听了这个故事，我倒更愿意把尊敬献给当年修寺的那些默默无闻的工匠。从来智者在于民间，这高明的排水系统，分明是工匠们智慧和经验的结晶，却与一把子虚乌有的壶何干。但是他们却宁愿把天大的功劳归于佛，归于高僧。佛说众生皆有佛性，皆可成佛，真乃至理名言。

祝愿北寺常在，庆幸佛在民间。

# 窗上的风景

　　今早醒来，习惯地拉开窗帘，扑入眼帘的不是远处苍茫的树林，却是一派刺目的银光。哗！玻璃在一夜之间全冻严了，没有留给我一丝窥探外界的缝隙，而窗上的冰花千姿百态，奇幻迭出，却令我不由得迸出一声惊呼。这都是什么？是地形图，高原、山谷、河流、桥梁，无一不备；是三春景，桃花、牡丹一齐盛开，无垠的大地蕙草斗奇；是围猎场，虎啸猿鸣，鹿驰鹰翔；是大陆架，水族穿梭，惊涛拍岸……呵呵，大自然的魔杖昨夜在我的窗玻璃上随意一点，就造化了这满窗人间绝无的玉林琼苑。此景让我明白了，"鬼斧神工"一词源出于此！任凭人力怎样的殚精竭虑，怎样的争奇斗胜，又怎敌这"天工"于万一！

　　欣赏着满目的玉树琼花，脑子里不由得浮起儿时的片断。小的时候，在太行山顶一个名叫"皋落"的村子里长大。在祖国九百六十万平方公里的版图上，八百里太行像一排滔天巨浪，而这个山村充其量算巨浪皱褶里溅起的一滴小小水珠吧。它的地理位置接近于太行山的制高点，海拔大约一千八百米左右，夏凉冬寒，最是夏日避暑冬日寻胜的所在。小时候对冬的记忆，是经年不化的积雪，是各家屋檐下挂满了的一溜溜晶莹的檐冰，是山舞银蛇、原驰蜡象、晶莹玉翠、银装素裹的冬景。低矮的石房土屋顶上匀堆着尺许厚的白雪，似乎把房子压得更矮了。站在坡顶上望去，它们在无垠的雪原上凸显出来，颇似蹲在塬顶上的一群远远近近高高低低的大白蘑菇。这些蘑菇的边缘又被强劲的山风削得秃秃的、圆圆的，使之更具可像性，仿佛是真的蘑菇，一伸手就能摘下来咬上一口。

写到这里，不自禁地打了一个寒噤。蛰居在水泥丛林之中，远离叶茂根深的大自然已有多年，身体和心灵都多了些"文明人"的脆弱和敏感。其实小的时候自己也曾是那白雪世界里的一只小小精灵。农村的孩子，没有什么花花绿绿的塑料橡胶玩具，我们的玩场是广袤的原野。我们在村外野地里打雪仗、堆雪人，不厌其烦地提着自制的滑车和手杖跑到远远的河上游，再排成一列坐着滑车在冻实了的镜面般的河床上飞快地顺流而下。我们嘴里呼出的呵气霎时凝为冰凌，挂满了我们的鬓角、眉梢，有时呵气把睫毛也冻得粘在一起，几乎睁不开眼睛；我们的小手、耳朵在凛冽的寒风里冻得发亮，藏在家作暖鞋里的两只脚也早已冻得没了知觉。但是这些都不碍我们在飞驰的滑车上金鸡独立或者探身展臂，做出种种类似花样滑冰的动作和造型。玩够了，风云四散地跑回家里，急不可耐地爬上烧得滚烫的火炕、瑟缩在单薄的棉絮下面，打完了一串串不自禁的寒噤之后，冻伤的手脚和耳朵便会渐渐缓醒、红肿、流黄水、痒得我们跳脚。看到这个样子，大人并不会呵斥我们或是禁止我们再出去玩，最多他们会拿一点旧棉絮在灶坑里烧一烧，烧成黑灰状粘在我们流水的伤口上。在严酷的自然环境中，人的韧性和顽强真是不可思议。奇怪的是，从不记得哪个小伙伴有感冒或生其他疾病的事情。我们都是那么棒。在人与自然的交锋中，留给我童年的唯一记忆就是冻疮。

那时村里的新房很少，多数人家还住在祖传的老屋中，小小的旧得发黑的窗棂上贴着"毛头纸"(我们这里这样称呼一种厚厚的白色毛边纸)。毛头纸御寒性能好,还有韧性,既不透风又不易破。只是比较厚,风一吹也容易脏,久之发黑,所以屋里便很暗。我的姥姥家因为父亲和姥爷都上班挣工资的缘故,比一般的农村人家条件要好一些,那时就有改造过的窗框,装着明亮的大块玻璃。冬天的早晨,酷寒常会在玻璃上留下写意作品,招得要好的小伙伴跑到我家来看冰花。大家挤在玻璃窗前吵嚷着,细细的手指指点着,这像什么,那像什么……我在开篇时所写的那些想象和形容大抵就是源于童年时这个情景。此刻独自一人站在窗前,耳边心里,竟像涨潮般,隐隐地响起了那些喊喊喳喳的童稚的语声。

春、夏、秋、冬,无非是大自然的轮回。可是它应该给予人的,绝不仅仅是冬棉夏单的冷暖交替。我想,人,首先应该属于自然,其次才应该属于社会。人,首先应该是自然的动物,其次才应该是社会的人。一个自然的生命总是短暂的。大自然轮流上演的好戏,人就是专注凝神,也不过能看几十年。那么为什么不从平凡琐屑的日常活动中抽一点时间和心情出来看看美丽的大自然呢?人们的感官能力所及之处,无不可触自然的造化,有一种审美、赏美的心态,有一种对于生命和自然的感动,很多世俗的烦恼和失意是不是就很容易化解了呢?即使平凡如我的生命,也能在这寒冷的冬日里洒满了温暖的阳光。

# 图腾

——图腾（totem），是记载神的灵魂的载体。是本氏族的徽号或象征。

有位名人这样说过：旅游区的自然景观若离开了文化的积淀，充其量只是一种表层的亮泽。昔阳，自是文化积淀丰厚的地方，那么以何为代表呢？你若拿这样的问题去问昔阳人，他们的目光，很自然地投注到上城街去。

上城街即昔阳旧城。从地形上说，整个是个高埠。城上的居民向东南西北任意一个方向出行，都得下大坡，回来得爬大坡。论理颇有不便；然而智慧的古人建城于此，肯定算计得极为精到。除了居高望远、气候干爽宜居这些自然条件之外，首先，占其风水。从卫星云图上可以看到，县城周边五条山脉从五个方向奔腾而来，在望见旧城的地方，皆绵绵地伏了，空出老大的一块盆地来；盆地的中央，就高高地耸起这块土埠来，这地形便叫"五龙拱首"。昔阳古来多出人才，据说与此风水有关。即便是破"四旧"、反迷信的年代，老百姓也不愿意放弃关于自己的栖身之处是个"风水宝地"的这点儿自信；其次，得其地利。冷兵器时代，一座城池即如同一个大院般，没有"院墙"——城墙，是不可想象的。我省平遥古城的城池是非常经典的。它那城建在一望无际的平原之上，无险可守，所以必须平地起墙，厚壁高垒，其工程从建造到维护所耗用民膏财帛，不用说是天文数字。

而昔阳城这个得天独厚的地理形势，替先人们省去多少钱粮。绕城陡峭的土石壁，就是天然城墙，壁顶垒上一米来高的城堞，再加四个城门，即成一座居高临下、易守难攻的山城。现在上城街尚留"西门坡""东门巷""南关"等地名，曲折地描摹出小城昔日的模样。

城中一条南北向的主街，古称兴贤街，后称"上城街"，现称"红旗一条街"，是昔阳从古至今政治、经济、文化的中心。封建时代的古县衙坐落在这里，改革开放前的县委、县政府也坐镇这里。除此之外，还有工厂、机关、学校、商业区、居民区……名目虽多，却井井有条，麻雀虽小，五脏俱全。

至于为何要称"红旗一条街"，这跟20世纪那些曾经的岁月有关。"农业学大寨"运动中，昔阳有两处"朝圣"之处，一处是运动的主角——大寨村，另一处便是这县委、县政府的所在地——上城街。来自全国乃至世界各地的人们，不同民族、国籍的人们，访罢了大寨村，总会到上城街来留下自己的脚印。窄狭的街道上，曾经涌动过五颜六色操不同口音的人流，也行驶过那个年头难得一见的高档轿车。上城街的中段有个广场，叫"新市场"，每逢昔阳传统的两大节日——八一物资交流会和元宵节文艺汇演，必会笙歌悠扬、锣鼓喧天、人山人海、盛况空前。此外，一街两溜的商店，也使上城街成了全县最主要的商业区，一家老小的头脚穿戴、日常用品，节假日改善伙食、学生娃买书买笔……也致使这条街道一年四季都有热闹的风景。农村妇女相约进城采买，必说是

"上回城呀。"一个"上"字，表明了老城的地理形势，也充满了向往的意味。

改革开放以后，昔阳的经济形势亦如芝麻开花节节高，这么一条统共不过几百米的小街，已经不能满足政府和民众的现实需求，于是，机关、工厂都陆续地向城外低地转移，渐渐形成了新城对旧城的合围。旧城的偌多功能，仿佛只剩下居住功能。上城街，终于褪去旧日喜乐色彩，成为一条休闲、安静、以传统原住民为主的老街。

外面的世界很精彩，外面的世界很无奈。新城发展得蓬勃，商业化也带来很多弊病，于是人们开始滤去岁月的残渣，怀念起那火红年月的种种好处：从人的精神面貌到道德构架，从人际关系到社会风气……县委、县政府及时决策，按20世纪70年代的原貌将上城街修缮恢复。一时，仿俄罗斯风格的红色廊柱、水刷石街裙、灰色女儿墙，随处可见的毛泽东诗词、语录，马、恩、列、斯、毛金色头像，带有强烈时代印记的大标语、宣传画，还有县委办公楼、旧礼堂遗址……总体的红色调把上城街装扮一新。走进这条老街，你的脚就算踏入了昨日的河流，你可以在时间的背面行走，你可以用你的脚底感知历史的凸凹和过往的神秘。只要是经历过那个红色年代的人，就算迟暮的心，也会风起云涌，重新注满昔日的豪情。

经过重新打造的上城街——"红旗一条街"，其实是昔阳的图腾。走过雨走过风，它依然能代表昔阳人的硬气、锐气、大气。如果你是个了解昔阳历史的人，那么你会越过时空阻隔，看到这条街上行走着一群群上善若水之人：有乔宇，有杨云翼，有李用清，有"昔阳三李"，有陈永贵……他们的名字像水一样从远处流来，也像时间一样驻守在今天和明天，更像阳光一样洒满昔阳的沃土。

## 静水流深说长岭

昔阳县北部，有村曰长岭。若论它的历史，那么与太行山间许多村落一样，确实是非常非常悠久了，据说商周时期这里就有了人类的活动。那么按此地藏风聚气、水土丰沃的形势来推论，零星活动的人类发展出村落来，本来就是顺理成章的事情。

长岭村隐在万山丛中，若非刻意走近，你是很难发现它的，这正符合民间所谓"进村才见村，谓之好村"的说法。另外，它这个大气的村名，得之于天赐的地理形势：整个村子坐落在一条东西走向、两千米长的峨眉土岭上，依村人的说法，这条土岭就是"龙脉"。千年百代，这条土龙驮着他幸福的子民们无怨无悔甚至乐此不疲。在龙身上繁衍生存的村民们，就如同这条土龙吐纳呼吸的鳞片。地理和人文往往会形成一种奇妙的相互印证。物华天宝、人杰地灵这几个字，被人们说得多了，就觉得俗，其实是风水宝地的共同特征。

说来惭愧。在 2014 年之前，我对于长岭村几乎一无所知。太行山历史悠久、地势雄奇，被人类占据的每一隅都会有些不凡之处。逝去不久的那些岁月，先是"政治优先"，后是"经济至上"，长岭这样的村庄，如果既不能成为政治运动里红极一时的典型，又不能成为经济大潮里富甲一方的范本，就很难吸引媒体的目光。"平凡"二字，养人却也误人。于是，直到2014年，长岭被列入第三批"中国传统村落"名录。它才一时间名声大噪，闪亮于世人眼前。

未能免俗啊。听到这个消息，我就赶忙同几个闺蜜跑到长岭村去参观、拍照、游玩。2014的秋天，长岭的天空深邃高远，呈现瓦蓝色，新收的玉米穗灿黄似金，街巷里飘荡着田野间自由的风，一线十几座灰蓝色的大院在朗朗秋阳中静默着，正合村人介绍的那种"串珠式"的摆列。整个村庄宛如一幅暖色调的油画。不同的是，这幅油画是活的，它正在安详地深呼吸。两个穿着民族风的闺蜜行走其间，玫红和雪白的长衫，布鞋、衣襟上的手工绘绣以及腕间叮咚作响的银饰与整个大背景浑然一体，那种巨大的审美冲击在我心里激起的一波三折，至今令人记忆犹新。

长岭得以入选"中国传统村落"，所依凭的主要元素是保存比较完好的民居。从外表看，它们是相对独立的，有着那种抱元守一、不卑不亢、十足符合"中庸之道"的内敛气度，而内里，它们则有着勃勃生机、无限贴近世俗生活。这些大院间可以互相串通，各式小巧的券门、垂花门，还有几百年来被人们的鞋底磨得油光发亮的青石台阶，引领着人们在看似互不相连的深宅内里左闪右弯连通自如；窄窄的过道、小小的门楣，仿佛恍然令人觉得旧时光影里那些腰身苗条的陈姓小媳妇，端着各色生活用具或者家常饭食仍然行走于此。这种不用进出大门就可以互相造访的格局，也许是源于农耕文明特有的血脉交融，即那种亲密无间的暗示、那种互惠互利的认同。也有便利生活的巧思：碨筒下西院，如果遇上下雨天，从街门进去，从东房向南环绕一周走到北楼，一个雨点也闪不到身上。

浮光掠影的参观罢，又回到水泥丛林的浮世，一晃三年过去了。世事行进，偶尔在得着一些消息或者是走过相似的地方之后，心里会掠过担忧的暗影：人们惯会以"保护"之名，行"赢利"之实，很多故乡在沦陷，变成千篇一律的传说故事的可疑载体，变成因"整容"而"毁容"的丑陋标本，变成一次性的收钱机器。所谓的"保护"竟然是走向了它的反面。有人说，中国正在变成由一千个雷同的城市组成的国家。说得尖刻却表明了一种趋向，或者，部分已经成为现实。这个时代，不变的东西太少了，慢的事物太少了。人们的生命被一种看不见的力量裹胁，只能不由自主地顺流而下。如此情形之下，纠结和狂躁已然成为难免。想找那么一丝安静，一缕清凉，还有哪怕一会儿休闲，不走出城市的话，真的很难。所以有一句话近段时间火了网络，叫作"生活不只是眼前的苟且，还有诗和远方"。只要有机会，人们就会如水银泻地一般涌出城市，带着"诗"的梦想，奔赴自己心仪的"远方"。

所谓的"远方"，当然不仅仅指地理距离。它是有条件的。人们的时间太宝贵，要求太迫切，他们需要的是心灵指认的那些特定的地方，需要一站到达。那么长岭符合他们的需要吗？

答案是肯定的。长岭没有宏大的排场，没有金碧辉煌的堆砌，房子却也足够了轩敞与舒服，令人想起古时候隐居乡野的高士，一定是素朴的布衣，淡然的神态，不慌不忙的做派。人生在此处，有一种静水流深的从容，一朵花开，一枚叶落，都会被人们仔细地捕捉并会心到它的优雅美好。作为耕读文化的传承，长岭非常出色。且不说载入县志府州志的那些闪光的名字，就说现代，文人就多不胜举。长岭村有一座新修复的斐文书院，我在那里发现了一本《古村长岭》的志书，写序者陈亚珍、撰稿人陈志如、策划人陈江峰无一不是出类拔萃的长岭文化人。村东那座笔架山，真不枉实至名归啊！

如果说在这个世界上，人们只能指认和珍藏一个故乡，那么长岭就是许许多多在外打拼的长岭人唯一的故乡。从其保存的农耕文明完好范本的意义上说，它也是更多中国人心理上、精神上共同的故乡。

# 方言

我的家乡在太行山上。小时候一听到《走上这高高的兴安岭》这首歌，心里就会暗自想，谁来写一首《走上这高高的太行山》呢？我像兴安岭的子民爱着他们的兴安岭一样，也深深地爱着我的太行山。

谁都不否认太行山雄奇险峻，自然风光优美，但是由于交通阻隔，加之物产不丰，按时下的人文指数来衡量，却并不是很适于人类居住的地方。山民们祖辈相传，久居于闭塞的深沟里，逐渐形成了一个个相对封闭和凝滞的小环境，在悠长如梦的岁月中，就发酵和发育出很多"文化"来。这些文化像地层深处的化石一样，虽然没有精美乖巧的模样，却保留着远古时候质朴的风貌，弥足珍贵。

在这种种"文化"中，方言是最为外在、鲜明、最有影响力的标识。

一个人，一出生就听到了这种方言，一岁的时候，就开始学习这种方言，他在发展自己的认知能力、表达能力和思辨能力的过程中，始终依赖着这种方言，那么这种方言对这个人一生的影响之大之深是可以想见的了。

有一首歌颂母亲的歌一开头就这样唱道："我第一次听到的哟，是你的喊，我第一次看到的哟，是你的脸……"这种种第一次，就是一个人生命源头点滴汇聚的细流，日后，哪怕是命运掀起了滔天巨浪，那每一滴水珠里仍会蕴含着初始的这种分子结构。在那汹然大水里舀上一小勺品咂，仍能尝得出生命初始的那种"原味"。

"我是一个中国人！"这是民族的标记。

"我是一个太行山人！"这是地域的标记。

中国—山西—晋中—某县—某村某镇……人啊，就像一株植物，无论阳光下的花朵开得多么饱满艳丽，心中都清楚自己的根在哪里。阳光在高天上朗照，光芒惠及四野，根却只在一小块泥土里深扎。说到底，一个人的成长道路虽然各不相同，人生的轨迹却大致是一样的：从根那里出发，长出茎、叶，经光合作用，开花结果。根，深埋在地下，始终为植物的一生提供着源源不断的养分。

有一句话说："树挪死，人挪活。"这说的并不是人没有根或者不需要根。说的是人作为万物的灵长远远超乎普通植物的优越：人可以带着根行走。人就像蒲公英的飞蓬一样，随着命运漂泊，却是不论落在哪里，不论环境条件如何，都不改自己的特性，都会开出金黄色的花朵。

根，在人的心里。

家乡的方言，有专家学者考证说属于"晋语"东山片。它的方言发声特点，一是咬字很重，前后鼻音不分，听去几分倔强；二是语尾扬得很高，拖得很长，有如唱歌。听在外地人耳里，不免觉得诧异：这种语言把古朴涩硬和轻灵抒情糅合在一起，真有一种特别的味道哩！

家乡话不仅音律有特点，古文化含量还很丰富。小儿夜哭，大人往往吓唬说："悄悄！你再哭，老麻虎就来了！"小时候听了这个恫吓，知道"老麻虎"是吓人的物事，也许就威胁到了小孩子的生命。那是什么？老虎？狼？及至成人，才知道所谓的"老麻虎"，实际是隋炀帝时候主持开凿运河的"麻叔谋"。此人长了一脸络腮胡子，所以民间称其为"老麻胡"。传说他嗜食婴儿肉成性，经常派人偷民间婴儿来食用，所以才留下这个吓唬小儿的方言典故。又如老家称不吉利、败家的人为"不祥签",也是有古文化出处的。这是傩文化占卜时代的用语,在神前抽了一支不吉利的下下签,自然是会倒霉的,所以家乡把不吉利的人称之为"不祥签"。

唐代诗人贺知章有诗感慨地说:"少小离家老大回,乡音无改鬓毛衰。儿童相见不相识,笑问客从何处来。"这诗乍看明白如话,细一品咂,内里却五味俱全,充满了一个知性生命在苍苍暮年回首人生时只可意会不可言传的那种复杂感慨。少小离家老大回,诗人一生的大部分时间是在外地度过的,昔日的华颜少年已经变成了幡然老翁,儿辈相见不相识,但是凭着一口熟悉的乡音,诗人可以证明自己的身份:叶落归根,我是这儿的人!

乡音好听,乡音难忘。家乡人对乡音的感情,不是说出来的,是在一点一滴的日常生活中,自然而然地维护着的。本地出去的作家、歌手、企业家朋友,常跟我有电话交流。家乡话一说就是两三个小时,时而轻言细语如小溪涓涓,时而情绪奋发如激流奔涌,隔着空间,不难感觉到这种语言饕餮的快意,仿佛看到了他们滔滔不绝、手舞足蹈的情状。大家都表达过这样的意思:越到高兴或者激愤处,越想说家乡的方言,所有激动的情绪,不用方言来表达,就不到位,"不透气"!

家乡的方言有这方忠心耿耿的子民,特别是被经济大潮刷新过了的年轻一代悉心地、执着地维护着,传承着,实在是地方文化的一件幸事。现在是经济全球化、语言全球化的时代,普通语不可不讲,外语不可不学,但是我认为方言也不可泯灭。作为一种文化,作为滋养一方特色文化的"根",作为一种特殊地域特点和性格的支撑和依赖,我还是希望我的方言及天下所有的方言,都能很好地传承下去。俗话说:"一方水土养一方人",推而广之,不同的水土才能养育出不同风格特点的人群,从而让人海色彩斑斓、丰富有趣,我们存身的这个世界也才能呈现出万千气象、千方美景。

# 绿洲

在高楼林立的闹市，有一个不起眼的大门。进了大门可见一个古色古香的四合大院，十足闹中取静的所在。这便是县文联三十年如一日的办公地点。

既然沾了个"文"字，在物欲横流的商业社会，便处处透出那么点特别来。除了大门而外，四围是严丝合缝的旧式青砖房，房前遍栽垂柳，除非风拂柳丝，人们才能影影绰绰地看见那些油漆剥落的老式木门和古旧的雕花窗棂，院心一大花坛，除冬天只有几株油绿的小柏略显单调而外，春、夏、秋三季皆被各种应时花卉淹没。文联没有余资，养不起专业的园丁，但是这些作画、写字的手莳养出来的花草，却是既有层次又有造型，透着特别的丰茂和精神。花坛和垂柳之间，夹一条砌着各色图案的卵石甬路——看着美观，其实走上去硌脚。早有"有识之士"洞察此弊，提议拆去卵石代之以方砖，却遭到了此院"居民"的一致反对，觉得去石就砖，此院减色不少，此议遂罢，卵石路原样留了下来。

怎么，那柳荫深处，屋门旁边，好似还有东西？近看才知，是从各处旧城拆迁工程中抢救回来、又无处存放的古旧文物。石人、石马多被岁月打磨得棱角圆秃、面目不清，好似也知道自己劫后余生、寄人篱下的身份，态度更为谦恭；残碑则或躺或立，锈迹斑斑，通身散发着神秘古朴的文化气息。这些仿佛有灵性的古物半悲半喜地静默着，整日迎送踏着石卵小径来来往往的文人们。时日久了，它们亦能辨出：那面目清癯、不苟言笑的老者，是小市的文坛巨擘，由教而文、著作等身；那农民模样、相貌朴拙的中年男子，是名动全国的油画家，在中央美院、中国美术馆都办过个展的；而那面目姣好、举止生动的青年女子，竟是新近崛起、引领省内流行书风的新秀。更有些形形色色、神态各异的人们奔走其间，公务员、白领、农民、小贩不一而足，却都是些对诗、文、书、画无怨无悔，执着追求的虔诚信徒。这些人物聚多了，就使得这个古旧的大院形成了一个隐隐的气场，仿佛花草柳枝都滴答着墨汁，空气里都充满了温馨的书香。

常有人带着或稍倨傲或稍谦卑的神态（视其在圈里的水平和层次而定）在那个小小的展厅里一幅幅的张挂自己的作品，书协和美协的人就一下子围将来七嘴八舌的品评议论。引得作协的人也心忙眼热，走将过来，发表一番圈外人的意见，作者同样认真地听。文学艺术的争鸣一般是心平气和的，但是不同意见有时也会引发意气，甚至红脸相向。大家见机不妙，一拥而上乱以他语，当事人回思，也觉得好笑，遂一笑作罢。

进出大院的人社会成分虽杂，但是除极个别"成功分子"之外，大多是"穷酸"，酸者穷也，古今不易之理，大家互相也省得攀比嫌弃。有时一群人聊得晚了，饭时已到，仍觉意犹未尽，就照例由那几个好事分子发起，挨个收取份子钱，一人五块十块不等，一哄去到路边小店，粗菜村醪，浅饮高谈，尽兴方散。逢有界内这杯那杯的大小赛事，有那不幸得奖的主，几个可怜的奖金是不敢跟老婆提起的，差不多悉数作了众人的酒资。到得夏天就更加有趣。"沙龙"由屋内移师到柳树之下，大家或坐小凳或踞残碑，人手一杯一扇，清谈终日不倦。谁有事只管走，少一人不少；谁没事尽管来，多一人不多。铁打的文联流水的聊客，只要说着这心爱的话题，衣破肚饿皆能忍得。

笔者有幸，也成了这一群聊客中不起眼的一位。公务之余，除了在电脑上偶尔敲点心情文字之外，差不多是这里的常客。文联张主席给占少数的几位女士备得有口香糖，聊场一开，专捡发长者依次散去，完了珍重地盖好以备下次之用，男士要想得一粒，那是万万不能的。因为资金实在有限，此例一开，后果实难想象！

呜呼！文联者，联系地方文人的纽带，文化人的精神家园。吾此生不求功名显达，只愿终老于此矣！

……有朋友戏谑：是想占人家口香糖的便宜哦！答曰："嘻！"

# 三则小故事

应某单位邀约，让写几个小故事，必须是正能量的。现在回想，我的年轻岁月就像一块乏味的调色板，上面的颜色为数不多。虽然没什么负能量（我们基本处在一个犯不了错误的青春期），然而有意思、值得一说的事情也寥寥可数。

想来想去，就写几个人吧！我写的这几个人，都与我没有深交，现在亦无来往，但是在那个闭塞的年代，他们都是带着一种新鲜的面貌和很多的信息量出现在我的生活中的，他们让我的目光得以越过周围这些平庸的人头，望到山外的世界，让我知道，生活有无尽可能，人有不同标本。

感恩在我生命中存在过的这些人。用稿单位要求的篇幅是每个故事八百字，我也只能最简约地写一写。

# 郑冬

我少年的时候，曾经用了一个星期天，去到离县城十五千米的界都农场看望哥哥。在农场里，我见到一个正在对着向日葵画素描的南方知青。那瘦高的身材、艺术的气质与本地人是如此不同，把我瞬间迷住了。

哥哥告诉我，那是跟他一起插队的知青，叫郑冬，四川人。哥见我有兴趣听，就讲了一些有关郑冬的故事。

郑冬的父亲原籍昔阳，早年参加革命，抗战胜利后，随军南下，属于正儿八经的三八式干部。后来在四川万县成家立业，没怎么回过昔阳。他共育有三个孩子，两男一女，郑冬是最小的男孩。

后来开始知识青年上山下乡，老郑就把三个孩子都送回昔阳老家来插队了。他说：我是少小离家，愧对故土，把大半辈子年华都献给四川了，这个机会好！你们替我回去，一是接受贫下中农教育，二是替我为老家的建设出一把力，也算了我此生一桩心愿哪！

郑冬非常有艺术天赋。哥哥告诉我，他会好几种乐器，他能把一把简单的口琴吹得如手风琴一般动听；他还会画画，天阴下雨出不了工的日子，总有年轻村民找上门来跟他学这学那，他来者不拒，对谁都是耐心地教。村里的年轻人，没有不跟他好的。

郑冬的家在长江边上，从小就练了一身好水性。有一次村里一个孩子不慎掉进了水池，池大，水又深，村民们都不会水，没有人敢下水救人，人们飞跑到地里喊回了郑冬，郑冬跑到池边没有丝毫停顿，衣服鞋袜都没有脱，就纵身跳进池里，两三下游过去，托回了孩子。又马上进行了现场施救，孩子很快脱离了生命危险。

孩子得救了，郑冬戴的手表却进了水，不走了。手表在那个年头是金贵东西，村民过意不去，觉得应该赔，又拿不出那么多钱，急得直哭，郑冬却安慰说："没关系！表算什么，能救了人，就是最开心的了！"

后来随着知青回城潮，郑冬也回了四川，从此没有他的消息。我想，一个充满了艺术天赋又心地善良的人，在哪里都能过得很好。

一晃几十年过去，算来当年那个瘦高的南方青年该退休了。不过，岁月越是冲刷，人们心底的影像就会越清晰。我记住的，永远还是那个坐在庄稼地边画向日葵的郑冬。

## 华彦青

我小学的时候就认识华老师了。他毕业于北大，那时是有名的右派，被下放到昔阳这种穷乡僻壤不说，还不让他教书；不让他教书也算了，派给他的任务却是喂猪。

华老师来过我家两次。我父亲当时任副县长，刚刚由分管农业改为分管教育。他到家来，就是请求能让他结束喂猪生涯，走上七尺讲台。

华老师是南方人，也有十足的南方人特点。他的个子不高，人长得很精干，浑身上下那种艺术气质是掩盖不住的。记得那是冬天，他穿着非常合体的深灰中山装，脖子上居然围着一条浅灰色的毛线围巾。

昔阳这么闭塞的地方，人们着装也很保守，男人戴围巾，我还是第一次见到，何况他梳着一丝不苟的背头，脚下穿着那个年头非常罕见的皮鞋而且擦得锃亮！就是剧团的男一号也没有这么漂亮吧！这无论如何不能让人认为他是个落魄、被排挤的人物，更不能想象他是个猪倌！

他走了，父亲就跟我讲：这华彦青可是个奇人，你不让他讲课，也没有书籍可看，他就背《新华字典》，背得滚瓜烂熟，随便你一问哪个字，他马上就能回答出大概在哪一页，这个字下面所有的条目都可以一字不差地背诵出来。

你孤立他，不让人们跟他接触，只让他喂猪，他也能喂出花样：所有的猪都起了名字，什么小丑、花妞，训练得仿佛能听懂人话，他喊哪只猪的名字，哪只猪就能跑过来。本地人认为猪是最脏的东西，到了华老师手下，隔三岔五给它们洗澡，养得干净、滚圆，轰动了一方老百姓，经常有人来看着华老师和他养的猪。

末了，父亲感叹说："这是个少见的人才！"

我上中学的时候，华老师在昔中教书。他不是我的语文老师，只是有一段时间因我的语文老师请假，华老师代了我班那么几节语文课。

他操着一种有意思的南方普通话，还带着一些鼻音，讲课如表演一般优雅。他不带任何讲义、教案，随身只是一支粉笔。每一节课，都是海阔天空，旁征博引，他用语言引领我们的意识超时空翱翔。听他的课真是高级享受。

就有一点小遗憾：他的板书不怎么好，跟他的人物、名望仿佛配不上。我有时候想：华老师的板书要是写得如某老师那般漂亮，那就真的毫无瑕疵，可以封神了。

华老师后来回了他的老家，在南宁师范学院任职，退休后又返聘，专门带外国研究生。他多次回过昔阳，还指导过我的散文写作。说起他年轻时候在昔阳的往事，他没有一句抱怨的话，反而说：我当年被打成了右派，以为要打发我到什么鸟不拉屎的地方去了，没想到来了昔阳！我一看这个安静又干净的小城，就马上喜欢上这里了。昔阳，是个传统文化深厚的地方。中国文化的根，毕竟是在北方。

那么深重的苦难、屈辱可以一笑了之，在荆棘中撷取到花朵——这就是文化的力量。


## 凌小欣


我小的时候，没有什么娱乐，每天放学回来，可以端着碗一边吃饭，一边听广播。

"昔阳县人民广播电台，现在开始第三次播音……"我到现在，仍然清晰地记得这个声音，它曾在我心里引起过好奇：这是昔阳的播音员吗？她能播得这么好，跟中央人民广播电台的水平，又有什么差别呢？

过了不久，我认识了这个让我好奇的人。她叫凌小欣，原籍山东，父亲是个军人，她在部队大院里长大。凌小欣是先来这里插队，后分配到广播站的。她的身材特别小巧，我想她的个子，不过有一米五。但是她有一张非常漂亮的脸孔：瓜子脸、两只睫毛很浓的大眼睛、雪白的皮肤。这种眼睛，我们这里俗称"毛毛眼"。

广播站离我家不远，有时我就去她那里玩。慢慢了解到：她家有姐妹五个，没有儿子，她的父亲很骄傲地说：他有"五朵金花"！

毛毛眼的凌小欣特别爱笑，招人喜欢。可你别看她个子小，性格却坚毅。在农场的时候，每逢出猪粪，连男知青都很畏难——毕竟又脏又臭啊！他们纷纷穿上高腰雨靴，戴上大口罩、手套，半天也出不了多少活，凌小欣一看火了，她把脚上鞋子一脱，裤腿一卷，赤脚就跳进猪圈，抢着大铁锹干起来了。"干活嘛！还能惜身？"部队大院长大的凌小欣，虽说不是军人，却真正有那种气质。

我比她小好几岁。因为语文成绩好，她有问题就会问我，我们之间来往渐多。她那时正处着个对象，对方是本地学霸，一考就考到北大去了，希望她至少能考到北京去。为了保卫这份爱情，凌小欣非常用功，所有上班之外的时间，都被她用来复习了。悲剧的是：她每次参加高考，都离录取线差那么几分，更别说北京的大学了。

我从来没有见过像凌小欣这样努力的女孩子。她的对象等了她三年，三年没有考到，双方年龄都不小了，只好分手。凌小欣在我印象中，是个什么困难都不怕的人，然而，三次落榜、一次失恋，却让她流下了伤心的泪水。

由此，我也理解了：有些事情，人们不是努力就行的。凌小欣在单位上是非常受人们喜爱的，在市里、省里的业务比赛，她也常常是名列前茅的，奖状、证书一大堆，就是一个高考绊住了她迅疾的脚步，让她显露出了无奈的一面。

凌小欣后来离开昔阳去了阳泉。我不认为阳泉是比昔阳更好的地方，只能说是人各有志吧。

三十多年过去了。凌小欣的毛毛眼，还是那么美吗？

# 第二辑　此心如何住

　　讶然回顾，只看到浅浅一个错和深深一段情。欲洁何曾洁，欲住如何住。

# 蝉蛹之梦

在炎热的夏日里，蝉蛹赫然是餐桌上一道美味的菜。黄昏的冀中平原上，到处都可以看到借一束束手电的光柱捕捉蝉蛹的人们。

——题记

请不要用手电照耀我、不要用目光追逐我、不要用手指捕捉我——我，既不时尚，亦不沧桑。我的造型、色泽、动态都只能告诉你们：我是一只蝉蛹。

树梢上无数只蝉在激鸣，树根下无数只蛹在萌动。而我，只是正缓慢行走在树干上的这一只蛹。

夜幕似一张网漫天罩下，隐约的河床上随时都有淙淙的水响。我累，我渴。不，请不要用水声诱惑我。我是一只幸运地躲过了抓捕的蛹，我是一个听到了水响却无暇停步去畅饮的饥渴的生命。我贴着粗糙的树干一点点爬着，心里一股劲地想着夜风中那轻轻摇晃、浓淡相洇的树梢。

只有站到那里，我才能唱心里的歌。而你知道在我短短的一生里，想唱多少歌吗？

时间哦，时间。树皮这么涩，也是让时间的利齿啃过了吧。这疤痕样、沟壑样的竖纹，就是时间的流水冲刷出的水槽。我不是千年之树，蝉的生命很短很短。我这一生，注定只能有一次酣饮——那清甜的晨露此时方在最高的枝头由月光、水汽和夜风合力酿造。我是蛹，所以我得忍耐很多，我得放弃很多。我爬着爬着，渐觉轻盈。讶然回顾，背上已生出翅羽。

深蓝色的夜隐去，代之以淡灰色的黎明。哦，一起一伏凉快的晨风中，我望见了朝阳的那一线深红。天门为我洞开，仙乐为我合奏，光明为我訇然铺展，那一线深红，也瞬间长成了一个美丽的赤色圆。天哪！缀满枝头的，是生命的晨露——圆润、晶莹、繁密。这些，都是我的吗？！我一生中这唯一的一次华筵！我坐在树之巅，坐在天堂的椅子上饕餮。我的沉默由此终结，胸膛里迸出压抑不住的歌声。我不是蛹！我是有翅的蝉！从现在起，我要高唱，高唱，以竭尽全力的热情，以高八度的声音，在我的天堂，我的天堂，我的天堂……一直唱到生命的终了。

直到秋风吹起的时候，留给树下翘首以待的人们，一个透明的蝉蜕。

## 我会成为一条河

两千多年前，夫子临川而叹：逝者如斯夫！

在哲人眼里，自然之水和人类之历史，都是壮美的河流。

而渺小如露珠如水滴如细流的我们每个人的个体生命，是不是可以延展为一条小小的河流、最终汇入那条壮美的大河？

答案是不确定的。显然并非每个人都可以如此。

何须刻意回避：我从来都是个孤独、失意的行者。从记事起就是。过去是，现在也是。

曾经有过寒酸、落魄的时刻，我用目光追逐着暮归的小鸟。我希望自己像它一样，可以在傍晚宿入温暖的巢穴。但是我没有。没有一个同类邀我入住，没有一个巢穴向我打开善意的门。原地站了许久，我空空的手心里，不过多了一捧若有若无的月光。

也曾有过生命挣扎的痛苦。我是路边一棵静静生长着的白杨，欲言又止，欲走还留。艰苦的环境可能造就人，更可能毁灭人。我的叶片上落满了世俗的尘埃，以至于不能呼吸。更恐怖的是，我没有力量举起双手把它拂去——这细小而邪恶的东西，它曾想把我活埋！

这样的困惑在我年轻的生命里不知发生过多少次。我不知道自己是什么或者能成为什么。我像一股小小的水流，在干渴的大地上艰难地蜿蜒着，随时都可能被蒸发，消失属于自己的印记。

但是幸好有书。

夜静的时候，春蚕悄悄撕裂着桑叶，妈妈用心纳着鞋底。我则以被蒙头，假作酣睡，实则在被筒里打着手电，小心地不时翻动书页。

被筒里藏着由不能飞翔的鸟和不能呼吸的树幻化成的饥渴灵魂，藏着可供这个孤独灵魂通宵阅读的书，所以很多年后的回想中，我依然觉得它是一个天堂，我的天堂。天堂里奔涌着一条书籍的河流，有知识的星星闪耀，有道德的莲花绽放，有真善美的召唤，有冬日里温暖的阳光……河流里总是行走、出没着一些高贵的灵魂，他们清理我壅塞的鼻孔，让我舒畅地呼吸，他们织疏而不漏的网，打捞我迷失的心，他们救这个灵魂于不死。

无可否认，我从很小的时候起，就成了一个死心塌地且欲望无穷的书迷。我像一只八爪章鱼一样转动着我的身体，四方攫取，为的不过是占有足够我读的书。我读遍了我能找到和我能买得起的所有书！青春的岁月虽然还是那么的贫寒，但是不经意间，凭着本能的需要和直觉的指引，我已经给它缀满了美丽的繁花。

买书，读书，藏书，与书为伴，以书为友，忽忽奄奄，人生的行程已至中年。2004 年，因为一个偶然的机遇，我开始试着提笔撰文。也许，做了一辈子"读者"，到一定程度，难免是要作一回"作者"的，无论其精彩与否。

这是否也意味着，这个濒危灵魂的起死回生？

但是阅读和写作毕竟是两种不同的境界。有关生命与河流的想象，也许是由来已久。我曾写过这样一段话："有时忽发奇想——书籍是一条河流，而我是河边的居民，比河而居的居民。写作于我来说，有时是快乐的，有时是痛苦的。而阅读，则相当于晨起临流照或渴取一瓢饮，始终是快乐的。"这是我的真实心情。

有时候很幸运：才思喷涌，灵感迸现，我的笔会毫不犹豫地在纸上飞驰，宛如顺着波翻浪滚的大江一路疾下，"两岸猿声啼不住，轻舟已过万重山"，这时的写作无疑是快乐的。而有时，我又犹如一个猎人，在思想的田野里蹑足潜踪地追寻猎物。那狡猾的东西跟我周旋已久，在前方忽隐忽现，但是即使不食不眠的苦苦跟踪，最终也无法得手。这样的时候，写作就是痛苦的了。我的文件夹里，有很多写了半截的文章，就是佐证。

古人说"四十不惑"，确实有理。我做了半生痴狂的书迷，由读到写，正像由蛹而蝉，经历了一个自然而然的羽化过程。所幸以往的时间不算虚度——我一直自觉不自觉地在书籍的河流边徜徉，未曾有片刻的远离。我虽然跟大家一样有一个世俗的皮囊，我的灵魂却是由这条伟大的河流诞育——也许，该说我是幸运的？

我此时写下的，不过是搁浅了三十年的文字。是从少女时起到现在，一直该写而未写的东西。所以我写作的历史虽短，准备的时间，却可以说是很长了。

只是这些搁浅已久的文字，不可避免地受到岁月的氧化，也许已经缺失了春的娇嫩、夏的湿润，唯有寄望于秋的饱满了。我愿意加倍的努力，加倍的珍惜，以至高无上的文学的名义。

比河而久居，滴水而成涓。我会成为一条河……

## 雨夜里的等待

一离开你，脑子里就成一片空白。想不起你的面貌，忆不出你的姿态，你温暖又辛酸的怀抱，只是一个模糊的梦。

只有散乱一桌的诗稿，证实你曾经来过。房间里弥漫着你的气息，更使这撩人的梦无尽延续。在极度疲倦的朦胧中，灼痛的心固执地推拒着十丈红尘的千呼万唤，不肯醒来。在梦中，我曾飞翔啊……

飞翔曾是儿时的梦，三十年的岁月才淬炼出这样一双美丽的翅膀。飞翔使我这平庸的生命幻出多少惊喜与辉煌。我愿意飞得最高，摔得最碎，以这样一种方式把得之于自然的生命还归于自然。

闭上眼睛，什么也不想，什么也不看，不再作无谓的挣扎，任凭感情的洪流把我淹没。命运啊！带我走吧！我承认你的安排与导演，我接受一切角色和结果，只是要快。

在雨夜里等你来，你知道这是一种什么样的心情？每一丝细雨悄然坠地，都像似你走来的足音。每一寸空间都充盈着你的身影，仿佛你无时无刻不与我同在。我的世界，消失了阳光、鲜花，模糊了白天、黑夜，只留下你——你就是我的一切。

我们是那样的熟悉和默契，仿佛从混沌初分的时候起，我们就一同喜怒哀乐，一起风餐露宿。你是我久久寻觅而不得的另一半吗？爱人——只要我的心你的心合着这同一节拍跳动，我发誓，我能变成一切形状，我能显示一切色彩，只要你愿意，只要你要求。

带我走吧！我已遥遥听到那冥冥中的召唤。那不是召唤我，是召唤我们俩的。就让我们在这温情的雨夜，带好简朴的行囊，避开世人的眼光，携手上路吧！

我曾想过，你和我是两块漂流的大陆，即使小心地对接，接缝处也会形成深深的海峡。我也曾想过，假如我不燃烧，假如我仅以柴薪的方式存在，我还可以青—翠—百—年。

你感到过这海峡吗？你渴盼过燃烧吗？生命仅是一种物质存在的形式，当这物质的外壳即将灰飞烟灭的那一瞬间，你会不会懊悔你没有跨过这海峡？你会不会懊悔你没有燃烧？

听这滴滴答答的雨声！雨下得越来越大，你不会来了。时间已过午夜，我们的约会将成泡影。我不禁陷入沉思：我一生中的第二场苦难，即将由此启幕吗？

我不躲不逃这命运。即使它将我带进万劫不复的深渊，让我面临刀剐油烹的酷刑，你再问我，我依然会平静地回答："我不悔。"

要是我的痴情吓住了你，你就趁早走吧！远远地逃命去吧！让我来独自接受惩罚。我又怎不可以原谅你的软弱？

不要奢谈"爱"与"不爱"，我只想知道命运"许"与"不许"。是海峡必可跨越，是柴薪必可燃烧，然而情感总会有不可弥补的缺憾，总会有结不出果子的花朵凋零在雨季。

天边有电光闪过。那是宇宙的尽头，两块雨云在亲密地碰撞。自然界的万千事物，又有哪一样没有它自己爱的方式呢？！

　　雨滴落上我赤裸的肩头，像顽皮的孩子用细嫩的手指在轻轻叩击。痛苦渐渐隐去。等你不来的雨夜虽然落寞，独自沐雨竟也别有情趣。很多美好的情感都足以抚慰我伤感的心。我知道了我该怎样度过没有你的日子。

# 深夜私语

## 痛苦

胸闷、气塞。

我以为是心脏不适了，拿个秒表一卡，每分钟心跳七十三次，正常得不能再正常了。

头痛，疲倦。

我以为是睡眠不足了，赶紧熄灯上床，却辗转难以入睡，头愈痛而意识愈益清醒。

四堵墙壁在暗中蠢蠢欲动。它们密谋、冷笑、窃语，向我渐次逼来。

恐惧。我想逃走。

可这是冬天的深夜，星光和月光都被冷雾寒云谋杀，就连小区的大门，也已紧闭。

"为人进出的门紧闭着，为狗进出的洞敞开着。一个声音高叫着：爬出来吧！给你自由……"

惶急中我想，有个狗洞也好。只要能够自由，变只狗有什么不好？

但是狗洞都没有。

完全可以设想：我无处可去。

而且极大的可能是：即使出去了，我也得不到自由。

四堵墙壁之外，天地是更大的囚笼。

鲁迅的狂人在斗室里静坐，我在床上静卧。

有什么不同吗？没有。

都无处可去，都在经受内心的煎熬。

已不用梦想等那个虚幻的太阳升起来之后，我能去医院，在那里得到救赎。

我的灵魂无处可逃。它已经中了命运的毒弹，目前，它正在作最后的痉挛和抽搐。

然后，就是彻底的死亡、冷却、僵硬。

所以我这样痛苦。

# 奴隶

我把自己卖了。

受惠者和受益者好像从来都是我最亲近的人（无论是以人伦的名义还是以法律的名义），所以我说不出不愿意的话，我不能拒绝。

我所受的正统教育和我逐渐长成的理性，都是这样要求我的。我没有反思的能力。

但是这种出卖渐次的深刻和彻底，我将要一无所有了。

颈上套着绳索，腕间拴着铁链，我蓬头垢面地终日劳作。

我割自己的肉给他们充饥，抽自己的血给他们解渴，焚自己的骨头给他们取暖。

饱了，暖了。满足了。

他们。

然而我呢？

既然是最亲近的人，既然以如此崇高和神圣的名义，那么，这种付出和牺牲为什么总是单方面的呢？

为什么给予不能是彼此？

而长期习惯性的喑哑，已使我的声带失去功能，喉咙发不出声音。

我能听到他们快乐的笑，互相的低语，可他们听不到我哭。

我是个被凌迟的、无声的奴隶。

牺牲和掠夺，以神圣的名义，在煌煌天宇下，明目张胆、一如既往地继续。

只要我还有一点肉、一滴血、一块骨、一口气。

我以我的血肉供养着这么多人，他们靠着我的滋养面目红润、心情舒适，生命质量良好。

但是我已经老了。我没有年轻时那么好的再生能力了。我是一个行将枯竭的绝望资源。

将死的时候，我忽然感到如此深刻的恐惧：

我死了，他们吃什么？！

我出卖自己的时候，是不是，也同时谋杀了这些至亲至爱的受益者们？

……

谁说，死亡是最后的解脱呢？

因为爱着你们，我仍将是一个死不瞑目的奴隶。

最后，请你们摘下我的心脏，吮吸我的动脉，焚烧我的头骨。

但愿明天的太阳，依旧会从你们的瞳仁中升起。

# 我想飞

我想飞走，像精灵那样飞走。

飞到哪去，我还没有想好。只要能摆脱地球的引力，这古老、永恒的引力。

我渴望像精灵那样飞。我还想，只要能飞上夜空，我绝不再回看沉睡的大地。

这载满太多苦难、酿出沉重叹息的大地。

小的时候，躺在母亲的怀抱里，坐在父亲的肩膀上，我觉得，我一直是在快乐地飞。

被人溺爱、纵容的感觉，就是飞。

六岁那年，母亲正在烙饼。

忽听窗前有人议论，宿舍区前面，汽车轧断了一个小女孩的腿。"可惜了啊，一个白胖的小女孩梳着羊角辫……"

母亲把锅铲一扔，发疯似的飞奔到出事地点，看到那个白胖的女孩并不是我。

但是母亲即刻就瘫软得迈不动步子。等人们把她架回家里，锅和饼都成了焦炭。

后来，那个断腿的女孩子作了我的同学。

教室里老响着她的一副木拐点击地面的声音"笃，笃，笃。"

我不敢去同情她。当我每时每刻都觉得自己在飞的时候。

那双拐杖，肯定不是她人生的翅膀。

是从什么时候起，我开始渴望飞了呢？

那个时候的我，灵魂已如那个断腿女孩般，架上了双拐："笃，笃，笃。"

幸好我当初没有同情她。

当一个人不能飞了的时候，廉价的同情只能是讽刺。

　　三十岁的时候，我写下了《雨夜里的等待》。那是我最早的，关于飞行的梦想。

　　我反复做着那样的梦，只能证明我从没有飞起来过。我灵魂的拐杖一直叩击着沉默的大地："笃，笃，笃。"

　　行至中年，我忽然更加渴望飞。

　　我的心告诉我，这是最后的机会。

　　我想飞走。无论如何，我就是不想在这待了。

　　我想扔去拐杖，我想飞至人们的目光和要求都无从到达的地方。

　　我的灵魂啊，干渴已久，孤独已久，我想飞走，去找那个水源，去找那个伴侣。

　　它在哪里？他又在哪里？

　　不知道。但我必须飞。只有在飞行中，我才有可能找到。

　　"笃，笃，笃"，我一刻不停地，在这个方寸之地叩问了几十年。起码可以断定：这里没有！

　　我必须飞走。这是最后的机会。

　　我将从天边招来闪电，焚烧我的拐杖，断绝我的退路；

　　我将撞击岩石，撕裂我的肉身，以获得一种轻盈；

　　我将用尖利的钢针，穿刺我凝滞的骨髓，以获得羽族的装备；

　　我将摘除我粘腻的心，弃之于高山深湖，以绝我尘世的羁绊。

　　只要能飞走，我决意放弃一切。我什么也不怕。

　　我已经准备好了。来吧！

# 行者与野花（致芳儿）

有人说，你是田野里一朵无忧无虑、无拘无束、自然生长着的小野花。

我惊异于他的想象，脱口而出：像！因为你黑黑瘦瘦从未施过脂粉的小脸儿，有着野花那种毫不炫耀姿色的自然和朴素，而你那个一笑就露出两排洁白小牙的生动笑容，也仿佛使我闻到了久违的、来自月色朦胧的田野里的那芬芳。

我闭上眼睛，看到自己是一个疲惫的行者，踏着月光从远处走来，就在我虚无消极的时空里与你邂逅。你知道我爱花，尤其爱这不假雕饰自在地摇曳在清冷夜风中的小野花。我想把你摘下，收入我沉重的行囊，好让我在走得筋疲力尽的时候，闻一闻你苦涩的清香。

然而我没有能伸得出我的手。对美的企及仅仅是一种想象。水一样清凉的夜风和山一样沉重的良知，都在瞬间摇撼我的迷幻醒来。我惊觉：我的行囊里竟收纳不下你，收纳不下这朵轻灵纯洁的小花了！

芳儿，我悲哀啊！

我已不记得我是从何处走来，那或明或暗的路上都下过些什么样的雨、刮过些什么样的风。我又是把我曾经有过的与你一样的善良和纯真交给谁带走了。是那阵叮叮咚咚的雨？还是那股呜呜咽咽的风？灵魂的定律有悖于物理——交出去的越多，背上的行囊越重啊！当我和你在月下邂逅，看你轻轻摇曳的时候，我才觉得：我走不动了⋯⋯

我断续的叙述有如细雨落满了你的花瓣，你静默含笑的倾听消融着我沉甸甸的伤感和悔恨。这单瓣的小野花何可小觑——若她愿意，简直可以托举着我五颜六色的灵魂飞升，并在如小溪般轻柔流淌的月光中洗成初始的那个美丽的纯蓝。

我，还能做回草丛深处那朵安静的勿忘我吗？⋯⋯

# 有时忽发奇想……

## 1

　　有时忽发奇想——书籍是一条河流，而我是河边的居民，比河而居的居民。写作于我而言，有时是快乐的，有时是痛苦的。而阅读，则相当于渴取一瓢饮或者晨起临流照，始终是快乐的。

　　有时忽发奇想——爱情是河里的鱼，而我仍是河边的居民。我不知水冷水暖，鱼乐鱼愁，我也早已淡漠了垂钓的心思。我只愿于云淡风清的季节，负手河边，闲看鱼们来来去去，追逐嬉戏。

　　有时忽发奇想——书中的黄金屋、颜如玉是海市蜃楼，只能欣赏却不能居住、不能触摸。而尘世里的"爱情"，何尝不也是这样。当它在书页里、在幻觉中、在舞台上的时候，真如鱼儿在清水中冲折回旋，那般的曼妙和自如；一旦它变成现实，来到尘世中，就如同鱼儿被提离了水面，短暂的挣扎后，肯定会变成一具僵尸。

有时忽发奇想……

## 2

　　有时忽发奇想——自远方蜿蜒而来的小路，是一条史前的蛇。人们匆匆的脚步如鼓点，敲打它粗涩的肌肤渐至平滑。何须暮鼓晨钟，这就是最伟大的修行。

　　有时忽发奇想——世界上的快乐，本来就有两种：一种是苏格拉底式的快乐，一种是猪的快乐。当人们都在互相鼓励、热衷于做一只不思维的猪的时候，我何妨与他们背道而驰，为万千物象寻求哲学的答案。

　　有时忽发奇想——把自己变成根，深入泥土中，就能看清大地的秘密；把自己变成树，伸长到天空里，就能听到星辰的消息。而把自己变成河，流向远方，把自己变成书，供人展读，则是更有价值的事情。只有那样，我才能为岁月找回它走失的花朵。

　　有时忽发奇想……

## 梅花蜜，诗意的风

偶然在网络里见到网友烹制梅花蜜的方法，不禁击节叹赏。

"梅花蕾五百克，雪水洗净，碾碎，纱布裹之挤压榨汁三次，得梅花汁，调以适量绵白糖，高压锅蒸馏，然后加槐花蜜拌匀，自然冷却，置冰箱内，三天后即可食用，可清肺瘦身，有诗意。"

好一个清虚高妙、诗意氤氲的梅花蜜！读着这寥寥几十字，鼻端似已悠然袭来寒梅的暗香。蜜，固然难得，更难得的，是酿蜜的过程。试想，踏雪寻梅、纤手摘梅、玉杵碾梅、薄纱滤梅、槐蜜调梅、水汽蒸梅、冰箱置梅……遥想那为梅忙活的人儿，已然沾了一身的梅香，而舌尖亲尝那梅之精魄，又会是怎样一种滋味！

在十丈红尘的万种喧嚣中奔得头昏脑胀、听得心浮气躁的俗人，竟有此缘化身为蜂，去那世外的奇葩妙蕊之间，采一回诗意之蜜，谁说这不是一种福祉呢。

由此想起《红楼梦》中的"冷美人"薛宝钗讲说"冷香丸"的炼制方法："将白牡丹花、白荷花、白芙蓉花、白梅花花蕊各十二两研末，并用同年小雨节令的雨、白露节令的露、霜降节令的霜、小雪节令的雪各十二两加蜂蜜、白糖等调和，制作成龙眼大丸药，放入器皿中埋于花树根下。发病时，用黄檗十二两煎汤送服一丸即可。"——世若果有此药，何辞身做病人！

鉴于文学作品不可避免的夸张和虚构，今人可以姑且略去其细节。水落石出的结果，是作者精致的诗意和浪漫的情怀。

人，乃万物之灵。灵魂、灵感、灵机、灵性、灵台……以"灵"组词，多与形而上有关。所以人虽然不能摆脱形而下的羁绊，但是人的七情六欲，灵魂体验、精神诉求，绝对是离不开形而上的！

中华民族是诗的民族，在进化发展的漫漫长途中，一路与诗同行，并在世界文学宝库中留下了浩如烟海的精神文化产品，形成了伟大、独特的东方文化。从屈原的《离骚》《天问》，到乐府长诗《孔雀东南飞》，从陶渊明的"采菊东篱下，悠然见南山"，到六祖慧能的"本来无一物，何处染尘埃"，从李白的"天门中断楚江开"，到李清照的"花自飘零水自流"，可以看出无分贵族、平民，无论僧道、俗人，无论高士逸情或者弱女闺怨，中国人一直都生活在诗里。即使平常琐细的生活，也充满了诗意。

中国古人崇尚冲虚闲适的散淡生活，他们在平凡生活中酝酿诗意的兴趣和他们发现美、创造美的能力，无疑都要比现代人高出许多。遥想宽袍缓带的古人，坐卧行走于一无污染的自然山水之间，或松下听琴、月中闻笛，或楼上看山、灯前看月，或夏雨弈棋、冬雪饮酒，或筑台邀月、种蕉邀雨，乃至于花底填词、酒后作草，凡此种种境界，皆与"富贵"二字无关，需要的只是对生活的深化和发掘，一种专注和热爱，一片赤子的纯情。这也正是他们"人格"和"文格"的发源地。无怪他们能写出那样神奇、瑰丽的篇章。

但是自"五四"以降，诗歌的传统受到了挑战，诗意也离现代人的生活越来越远。作为文化的传承者，中国文人的品质和修养，越来越受到人们的质疑。演变至21世纪，物质和精神之间甚至形成了这样一种反比定律：物质越发达，精神必越萎靡。四通八达的高速路、震耳欲聋的迪厅、森林般的高楼、遮蔽了日光的工业烟尘……就像高分贝的架子鼓被一个看不见的魔日夜不停地奏响，现代人踏着这个节奏疲于奔命，再也没有了踏雪寻梅的雅趣，再也没有了高语山林的闲情。神州上下，俗欲滔滔，被多少代中国人锤炼了几千年逐渐形成的、具有中国气派和东方民族特点的文化格调和艺术品位，就在这科技高度发达的21世纪，形成了一个大倒退，并且随时有着断链的危险！

　　所以看到这寥寥几行字，心里会有莫名的感动。它算不算纯文学姑且不说，它却无疑是网络文学的荒漠中，可贵的一抹葱绿、一片水洼、一朵野花，给跋涉的人以希望，又像是在令人头昏脑涨的闷热里，不经意间吹过一阵潮润新鲜的诗意的风，让人的精神为之一爽。有人在酿梅花蜜，足证一种生活品位的存在，足证人对诗意生活的向往。这，也许倒是文学之根，是文化的希望之所在。

　　殷勤寄语那优美的酿蜜者：请继续，生活在梅香中，生活在诗意中……

# 你真美

2010年3月8日，正好是国际劳动妇女节诞生一百周年纪念日。省女作家协会组织了赴潞安矿务局王庄矿的女作家采风活动。虽只是走马观花的短短两天，却被煤矿女工的风采深深折服。此时回思，只有三个字的感叹："你真美！"

特采撷几个点滴如下：

一

电修班的少女，我想告诉你，你真美。

你正青春，肥大的工装掩不住你苗条的腰肢，凹凸不平的地面阻挡不住你灵动的脚步。你忽而风一般地奔跑，用小小的手掌拖曳那巨蟒般的电缆；你忽而水一般地静止，目光如蝶，栖落于工作台上的千伏四通。你细碎的小牙咬着红润的嘴唇，一心在想怎样去降伏这些沉默的铁兽。

你拧着细细的眉头全神贯注地思索，你翘起弯弯的嘴角悄悄地笑。

你的脸庞新鲜得像枝头的蜜桃，你的手心里，却结满了硬硬的茧。起风的时候，煤尘嚣舞，有些细碎的黑屑在你的眼窝、鼻翼间安身。你却笑说，这是"煤妆"。呵，想不到你还是这么调皮的女孩子。煤是多么深沉、多有力度的颜色，比起舞台上大腕明星的"烟熏妆"来，果然更美。

但是你浑不在意这些。也许你身在美中，已经习惯了不自美，你习惯了这样去生活、这样去工作，在无边煤海里，如一朵应季的草花，自由自在地绽放自己的青春。

十个花一般的女工，一年要修复井下电缆三万米，修复五小电器近三千台。这是多么惊人的工作量！

工作中的女孩子啊，你把身外的世界，全忘记了。

青春如金流逝，寸寸，分分……

也许是快门的"咔嚓"声惊扰了你，你倏然抬头，如一头美丽的小鹿般，在人们的注视中惊慌、羞涩地闪避。

二

在煤矿，好像每个女工都是安全群监员。

这个女工叫魏丽。此刻，她正迈着轻捷的步伐走在芳草萋萋的小路上。刚刚听说，小顾两口子闹了点别扭，娇妻使性子跑回了娘家，小顾着急上火，吃不好睡不安的，上班开始打瞌睡了。

魏丽要到那个任性的小妻子家中，跟她讲讲由夫妻感情到煤矿安全的事情。

一个妻子对另一个妻子，一个母亲对另一个母亲，在娓娓劝说。

回吧。小两口，床头打架床尾和，有什么大不了的事情。回吧，小小的孩子没离开过父亲，爷俩他想他，他也想他。这可都是你最亲的人呀，你就忍心？

回吧，在咱矿山，女人是男人的主心骨。小顾老这样带着情绪上岗，弄坏了自己的身体不说，也是老大不小的安全隐患。安全是煤矿的天，万一由此引起点什么，甭管是再小的差错，你也会悔青了肠子……

回吧……

细细柔柔的劝说犹如丝丝缕缕的春雨，润湿了年轻妻子的心田。矿山的女人，有妻子的温柔，也有母亲的宽容。人们头顶这片瓦蓝的天，是男人和女人的手共同支撑。

回吧……来时一人，回时三人。两大一小的身影，向着那个倚门而望的孤单身影，越走越近……

魏丽真美，那个去而复回的年轻妻子，也真美。

# 三

煤海的夜，如无边的海。有大面积的喧嚣，也有那么一隅的沉静。这静里，笔尖的沙沙声有如蝶翅的扇扑。

台灯的光是室中之月，什么样的女人，是月下轻舞之蝶？

采煤机、掘进机、绞车、水泵、皮带……那是些游动在煤海深处活生生的兽。此刻，正被一只纤纤的手捕捉，并丝丝缕缕地肢解为线条和数字，定格成纸上风景。

谁说女人的手，只能洗衣做饭，只能在鸡毛蒜皮的家务中糙去？张瑞芳，父母给了你一个平凡的名字，你却选择了不平凡的职业。你用认真和执着，用一刻不停地努力和上升，让人们认识了女人的另一面。

月色隐退的时候，蝶翅栖息于无声，你却轻吐一声欣慰的呼吸。案头上，又一份点、线交织的精密图纸。那所有的数字，不差分厘，与"安全"永远并行。

哦，张瑞芳，你真美。

# 四

万能的人类，偶尔会遇到尴尬：无论如何改进，矿山的洗煤车间，还是有很大的噪音。

这像什么：海啸？飓风？众马疾奔之蹄？万蝉激鸣之声？

人声的分贝，在这里渺小得像浩荡水面上载着的一枚落叶。

这怎么受得了啊？我在纸上以笔发问。

对面的洗煤女工红唇一弯，挑出一个清清朗朗的笑容："没什么，我们习惯了！"

哦！一个珠圆玉润的声音，在这浑噪的背景中敢情是如此的凸出又如此的动听：就像美妙的歌词，就像脆生生的水滴，就像青嫩嫩的柳芽……

女工们很年轻，往来忙碌着。她们面目红润、目光清澈、身手矫捷、自信十足。在这个不大不小的车间里，她们日复一日年复一年与沉甸甸的湿煤打交道，手底下出的是"全国质量信得过产品"。在笨重的钢铁设备、黑金般的煤泥中，她们，是一群行走的花朵。

你能说，她们不美吗？

# 茶客、茶桌、茶文化

南方多巨木，有巨木方有巨根，有巨根，才有茶道中必不可少的精雕茶桌。

国庆长假时，前往福州一游。福州是人文集萃的福地，自古手工艺品就名扬天下。此行给我印象最深的，就是有关茶的一切了。

茶桌当然是应喝茶品茶的需要而生的。福建和云南同样是优质茶的产地，但是喝茶的态度却有很大区别。云南人远没有福建人这么大的谱。你在福州的街头、茶楼酒肆甚至鸡毛小店，都随处可见工艺精美、品味不俗、随器赋形的各式根雕茶桌，整张桌子从边缘至桌腿，并无人为加工，盘旋虬曲，古意盎然，尽显天然树根的原始美态。每张桌都不相同，每张桌，都是世间唯一。

茶桌不凡，茶客却更是了得。他们围桌而坐，衣着随便，意态从容，姿势舒适，用着难懂的本地方言清谈竟日，冷眼看去，有点不像我们的同类，倒像是天然生长在桌边、日久成精的植物，让人想起唐僧取经时路遇的那些树怪花精，什么杏仙、凌云子之类。见有生意，茶客中的某一位即不慌不忙地起身应客（就是店主了），随意招呼一下，好似这株植物被山风吹动，顿时有了动感；应付完事情，不紧不慢地坐回原位跟哥们儿继续刚才的话题，又似风过树静一切如常。他们跟其他地方那些虎视眈眈地两眼盯着顾客衣兜的买卖人有些不同，好似不够那么专业，不够那么投入，好似不愿意在生意上耽误太多的时间。愿者上钩，上钩者拿钱，否则一拍两散，不要误了喝茶聊天。

给我的感觉怪怪的。仿佛品茶、闲聊才是人生的第一要务，而生意，则是捎带一做的副业。

我没有品茶的习惯，却非常欣赏这种懒散从容的生活态度。世界上的钱，任谁也是挣不完的。一个小小的老百姓，能过一种衣食无忧的恬淡生活，就最好了，发疯似的打拼，机器人似的工作，夜以继日干到吐血，那又何苦？万一辛苦挣到钱却又累出了病，银子只能变作医疗费，那多划不来；要是医疗费花完了还是医不好病，倒给殡仪馆作了一票好买卖，那就只能说是赔塌老本了。吾誓不为，亦劝天下人不为之！

话题回到茶桌。福州的根雕茶桌，不知因为原料易得，还是因为工匠密集造成的竞争，还是因为需求量大，薄利可多销，总之价格并不贵。穿行在古色古香的桌阵里，我不由从内心生出若干感慨：这种淋漓着千年山野之物的灵气、又被人们以现代工艺尽情剖露从而光华尽显的工艺品，正好用来彰显人作为万物之灵的尊贵。你想啊，任凭你生在远山、长在崖顶，汲日精月华，傲雨雪风霜，任凭你朝夕晨昏参悟千载已成神物，只要被人发现，只要人有需要，都得乖乖地水舟陆车听命前来，静等刀劈斧剁电击，掉头而刖足，大卸八块，一改千年容颜，变作人们喜欢的模样，即便茶水浇头、俗人围绕而发不出一句怨言。根无可奈何，人却能把根随心所欲的奈之何！披一张人皮固然不易，好处却也实在多多！

继而又想：傍着如此茶桌，把玩名贵茶具，闲品刚焙新茶的心情，指定跟北方人为了解渴常见的"驴饮"是天差地别的吧。陆羽《茶经》

上说："茶者，南方之佳木也……茶之为用，味至寒，为饮最宜精行俭德之人。"茶，乃水中君子，茶道，乃君子之道。长期的浸淫，足以熏陶一种不同的风俗民情、进而酝酿出一种不同的文化。我也曾多次造访福州文化的发源之地——三坊七巷，中国近现代史上很多文化名人，如戊戌六君子之一的林旭、《天演论》的译者严复、民族英雄林则徐、《与妻书》的作者林觉民，以及大才女谢冰心、林徽因……群星熠熠，皆出于这福州市中心的方寸之地。闽地多才子、多名人，跟茶道、茶桌，能说没有关系吗？

　　我在小店里流连琢磨得久了，终于惊动得老板放下手中的茶盏前来为我殷勤介绍。从根雕茶桌的不同材质：樟、楠、杉、鸡翅……各自的特点，说到同种材料因产地不同而形成的价格差异：有的是本地自产的，有的是云南、两广运来的，有的则是从越南、老挝等东南亚国家进口的……真个口若悬河、如数家珍。给我的印象，仿佛纬度越低的地方，越适宜生长能满足人们求大求奇心理的古木，越能孕育得出巨大的树根。店后就是露天加工厂，电锯的声音刺耳地惊响着，正在肢解这些万劫不复的灵物。我看中一张大小适中的鸡翅木茶桌。它那原根的天然轮廓已够古奇，经岁月洗礼出的肌体纹理已够婉曲秀丽，它的颜色又是那样的典雅、沉郁、古色斑斓，这个作品有点说不出的韵味暗含其中，让我在它跟前驻足流连，真有不忍离去之感。问了一下价，倒是不算贵，就是担心着它在北方冷燥的环境中会不会裂缝变形，最终解体。我小时候买过一个巨漂亮的竹根笔筒，爱得什么似的，最后还是裂为两半了。那种心痛的感觉现在想起来宛如昨日。

　　老板给我解说了半天木雕根雕的知识，哪里甘心让我空手而退，我也觉得不能过意，最后还是买了几个小型的杉根果篮、花架，放到后备厢里。我真想看看它在北方冬天干燥的气候里，到底能美丽多长时间。这，就算是个小小的实验吧！

# 秋天的色彩

要欣赏大自然的色彩，最好的时机莫过于秋天。

春天草色青翠，杂树生花，美则美矣，总让人觉得颜色清浅，意态匆忙，透着那么点轻狂；夏天绿色深葱，沟满壑平，美则美矣，却又让人觉得颜色单调，层次简单，显出那么一点呆滞；冬天银装素裹，四野纯白，美则美矣，却又嫌肃杀寂寥，缺着那么点动感和生机。所以四季的颜色比将起来，还是秋天最美。

说丰富，你看秋山。秋霜未落，秋意正浓的时候，正宜进山看景。连绵起伏的群山换下了那件纯绿的夏衫，着上了姹紫嫣红的秋装。那枫、椿、榆诸色树丛有的深红，有的浅橙，有的赭黄，深深浅浅，疏密有致，或片或点地缀在山上，远看煞像一簇簇跳动的火苗；那站在秋风中的老树，一树黄叶，被阳光一晃，薄得透亮，像老树含而不落的晶莹泪花，让人心里无端地涌起又欢喜又心痛的感觉。哦，秋天的山，你是一幅暖色调的工笔重彩画呀！

说明净，你看秋水。秋天的水，仿佛是被一冬一夏的岁月滤去了所有的杂质，那么清纯，那么娴雅。静水似明镜，细数蓝天白云，流水似丝带，缓绕暖山寒石。秋风起处，柔波就像婴孩脸上的笑纹，宁静的、满足的，一圈圈悄然漾去。哦，哦，秋天的水，你是一幅空灵淡远的写意山水画呀！

你再把目光向上引，那高远的天空，此刻正呈现着一种透明、均匀、干爽的蓝。洁白的云朵有的像薄絮、有的像轻纱、有的像羊尾，在这个无边的背景映衬下凝然不动，任是最高明的画师，也难描摹这般风致。而俗世间，又哪能配得出如此干净又如此艳丽的色彩呢！

最鲜活而生动的，是正在忙碌着收割、运输的农人。黄的玉米、红的辣椒、绿的大葱、跟土地一个颜色的土豆……五光十色地堆满了场院。满坡还没有采摘的苹果、梨、花椒从一派秋香色里脱颖而出，总是吸引着人们的眼目。这片贫瘠的土地，又一次因了人们辛勤的劳动而捧出了丰饶的宝藏。哦，大自然纵有千般色彩，最美丽的，还是人的伟大作品啊！

# 无题

一

人至中年，我们共同搭乘的这趟人生列车似乎突然提速了。以前的节奏好像是"哐——哐——哐——哐——"，现在则好像是"哐哐哐哐，哐哐哐哐……"。车窗外的景物一闪而过，快得使你简直来不及凝神注目。想看清什么，想记忆什么，想品咂什么，想感悟什么……想法太多，常有顾此失彼之感。而只想一样，却又心有不甘。因为中年的生命，已经积淀了丰富的层次和深厚的内容，我们越是什么也得不到，就越是什么都想去争取，用一个词概括，就是：欲望无穷！

虽然已经有了"得不到"的答案，现实中却又抱着"知其不可而为之"的执拗和勇敢。既像飞蛾扑火，又像壮士赴死。前者好像是基因的注定，后者则来自于命运的感召。我们浩浩荡荡、拖儿携女地在这同一条路上跋涉着，置身茫茫人海中，却又四顾无人，有着"前不见古人、后不见来者"的孤独和苍凉。

二

自从父亲去世后，我换了一种人生的心情。

或者说，走入了人生的另一个季节。

父亲声声唤我"宝宝"的时候，毫无疑问，我是以一种无忧无虑的天真心态生活着的。虽然也跟所有人一样恋爱、失恋、得意、失意、前进、挫折，但是不愉快的事情总是很容易被切换，年轻心脏上的伤口也是随伤随愈，并没有留下深刻的疤痕。那时的岁月，蹉跎起来，并不使人觉得特别沉重。

母亲细心地为我安排生活细节的时候，毫无疑问，我长大的速度真的很慢。虽然也参加了工作，以为自己已经能够养活自己；虽然也结婚生女，以为自己已经是成熟的大人，但是我的脚步，并没有真正迈过那个门槛，骨子里，我还是那个喜欢恶作剧的顽童。

当父亲去世，我在猝临的风暴里不知所措地痛哭着的时候，我的泪眼，无意中瞥见了母亲的白发。

母亲的头发，已经白了大约三分之二了吧！岁月的轻霜落在她的头顶上，就再也没有消融过。我骇得停止了恸哭——因为我看到，那霜，那染白了母亲头发的人生之霜，冥冥中仍在无声无息地漫天而降！

看看满头白发的母亲，再看看静静地躺在棺材里，一脸平静，再也不会喊我"宝宝"了的父亲，心头忽然掠过一阵巨大的恐惧！

就像背后有一只无形的大手，把一直藏在父母身后嬉戏人生的我，把一个毫无思想准备的我，一把推了出来，让我直面什么可怕的东西！

一夜之间，我不再是"宝宝"了。

## 三

小的时候，曾住在太行山顶一个风景如画的小村子里。白纸上画下的最初线条是那样的醒目和深刻，使我从此觉得我跟城市里长大的孩子不同，跟单位里的同事不同。无论我走到哪里，我都像一只风筝般感受着故乡的牵引，我都像一条河流般记着我出发的源头。就是现在，只要一走到田野里去，我还是能听到别人听不到的那些声音：小草在说话，大树在生长，蜜蜂的翅膀在营营，而蜻蜓，则掠过河面，跟清清的河水接了一个吻："叭唧——"……我经常感受到自己身上这种动物性。星期天，在空旷无人的山间公路上驾车高速行驶，满野绿色扑眼而来，使我恍然觉得自己是一条幻作人形、入世多年的大蛇，此刻回复了本相，正在山野间昂首分草疾行。没来由的眼泪不知为何会簌簌而下。

我知道心里的委屈从何而来。但是要想把它说清楚，又谈何容易！何况，说给谁呢？

网络里太多太多急煎煎地寻觅"知音"甚或是寻求刺激的中年男女，让我知道了一个秘密：大家一样地寂寞，一样地孤独，一样地无助。

这种无助是如此的深刻，以至于很难找到适当的形容，就好比一条鱼，给人提着尾巴，一下扔进了煎锅里！不，也许，这不是无助，是绝望吧！

煎锅里的鱼，是什么感觉，有些什么想法，谁能知道呢？

就是知道了，穷其人类的语词，又怎样去形容呢？

## 四

一个企业家朋友，端方正直，酷爱书法，在朋友圈里很受尊敬。日前查出重症，星夜赴北京手术。行前，他嘱我："有空了，多问询着点我啊！”

这句平淡的嘱语背后，隐含着对命运的恐怖和无助，像一记重锤在我心脏上敲击了一下。因为惦记，也因为承诺，我此后往他的手机上打了无数电话，听到的却总是同一回答："对不起，您拨的用户已关机……"多方打听，得知病情严重，对着墙上他手书赠我的条幅，不由暗自嗟讶。"问询"之诺，无由践之。

一个摄影家朋友，今天刚刚去世。从三年前查出身患绝症到今天终闻噩耗，这期间的恐惧、痛苦、折磨，只有死者一身受之。生命的旅途，绝不只是风光，越往后走，越是险恶，人生会变换不同的场景：有时，你需要战斗，而有时，你需要经历炼狱。

秋风乍起的时候，敏感的人已经从风里捕捉到了冬天的味道。预定的答案、预定的目的地、预定的结果，都在那个尽头静静地等着我们。只是不知道，在到达之前，会有些什么事情发生。

作为一个已经走过了半生的中年人，我们不能预知，但是必须有所准备。

# 气眼酒

刚参加工作的时候，有幸领略气眼酒。

由于工作性质所致，有时免不了参与一些喝酒、应酬的场合。那时人正年轻，身体强壮，加之性格好胜，与酒好像有天然的"同盟"，实话说，也颇能喝得几杯。

山间的春天，倏忽来去，短暂得很。也许正因了这短暂，万物都在这个季节挤着，抢着，闹着，展现自己的妩媚。充鼻的尽是草香、花香、刚苏醒过来的泥土香，热烈而又浓烈，把年轻人火热的心越发煽惑得欲沸欲飞。

忽有一天来到办公室，一进门，鼻端就闻到一股奇异的香气：非花非草亦非泥土之香，却像尽含了这几种味道，然后又发酵了一般，形成了一股丰厚香醇、难以言说的气味，在水汽充盈的空气里诱惑地徘徊。

酒？

几个同事见我皱着鼻子在怀疑地吸嗅，相视一笑，有同事索性打开柜门取出一个塑料壶来，炫耀地一晃："怎样，香吧？气眼酒，喝过没？

人人说你酒中仙，恐怕也未必尝过这么妙的东西呢。"

"什么叫气眼酒？"

"气眼酒，就是从气眼里刚滤出来的酒的原浆，没有经过稀释、勾兑的那种。虽然冲点儿，好喝着呢！"

"喔！"

小心地就着塑料壶的盖子倒了一个浅底儿，酒香立刻把一群人都笼罩了。赶紧把办公室的门关严了，几个人凑在一起，一人咂了那么一下。

饶是很小的一滴，顺着食道下去，就像一把小火，立马跳跃起来，把五脏六腑照得通彻透亮。那个味道，很难形容，热、辣、厚、醇，确实是香气之精。除了这些感官的味道以外，还带着一种感情上的因素：淳朴、憨直、性急，仿佛是很值得相信的那种人。

气眼酒，跟春天这个季节一起，很容易让人沉醉！

后来喝过多少名酒，简直数不过来了：传统的茅台、五粮液、汾酒、泸州老窖，后来时兴的水井坊、国窖 1573、极品北京二锅头，还有几经尝试、终究喝不惯的昂贵洋酒：法国的人头马路易十三、马爹利ＸＯ、苏格兰威士忌、日本清酒……不论什么酒，不论其独特的个性和口味如何，终于是不能抹杀气眼酒留给我的那种既单纯又丰厚、既妖媚又阳刚的印象。

转眼夏末秋初，天气渐渐地带了萧瑟；人，却也就不知不觉地上了岁数。忽有一天心血来潮，自己做了个戒酒的决定。虽未昭告天下，却在心里划了个底线并预备了充分的理由：无论是场面上的应酬，还是年节下的各色聚会，如遇劝酒，一律以"心脏不好、医嘱戒酒"和"不宜酒后驾车"为由，婉言拒绝。置身酒场，我能手把一杯果汁，闲看大家来往敬酒、潇洒干杯，到后来见大家喝得情绪热烈、酒话连篇，我越发地心如古井波澜不兴，毫无羡慕的意思。这个境界，真修养到与酒出了五服、断了亲戚的地步了。

今晚的同学聚会，酒却另样。有在汾酒公司做销售经理的老同学带了号称"上好"的酒来，却是塑料壶散装的。他在分酒器里浅浅地倒了一底子，神秘兮兮地递给我："老同学，闻闻，也许你能告诉大家这是什么酒。"

其实不待接到手中，那种独特的味道就击穿二十年时空强烈地袭来。就像在茫茫人海中，能一眼辨出自己的初恋情人："气眼酒？"

"哎……你可真行！既是识得，今晚破个戒，多少品点好不好？"

我在一桌老同学期待的目光中轻轻地点了点头："我喝是不喝的。这点子归了我，闻香怀旧吧！"

时代变了，气眼酒的味道却一如当年。即便只是闻其香，不经意间已经重温了年轻时那茂盛、热烈一如气眼酒的生命了。那春天里充盈天地间的好闻的草香、花香、犁头间散发开来的泥土香……又一次温柔地拥抱了我。我微笑着看他们喝，眼睛却渐被泪水迷蒙。好像他们替我把这些香，一口口地呷下去了……

第三辑　在乎山水间

"文章是案头之山水，山水是地上之文章"，读万卷书与行万里路确实有互读互解的因缘在内。

# 榆社印象（二则）

## 一、化石

六百万年前的原野，水草丰美，湖泊纵横。一匹剑齿虎在这里尽情驰骋。

也许是跑得乏了，也许是走得累了，也许就是被一块石头、一棵树桩绊了一下，它在林莽间打了个趔趄，轰然躺下了。

它或许只想在这里歇上一瞬，它或许只想做一个短暂的梦，可它不知道岁月的厉害：它的眼睛，自打闭上就再不能睁开，它这一觉，一睡就睡了六百万年。

剑齿虎做过些什么样的梦呢。它梦到热烈的阳光把厚厚的落叶腐蚀为沼泽，寒冷的朔风又把沼泽凝为冰原。岁月在它身上越堆越厚，越压越重。地火奔突，太行山愤然隆起。

它的梦渐次朦胧，它的头颈和躯干却在渐次变硬。终于凝为冷硬的石头。

当它终于被六百万年后的人们小心地请出地表的时候，它闻到了自由的空气，听到了浊漳河的低吟浅唱，并听到人们赐它一个高贵的名字曰："化石"。

隔着钢化玻璃打量它的时候，我在它已没有了血肉的颌骨上读出了焦急和恳求。它好像在说："请给我一点水吧！哪怕只是一滴眼泪，我就能复活！"

## 二、云竹湖

谁能想到，踏着掩埋化石的河槽，踏着生长五谷的黄土，能一直走到这里，走到云竹湖边。

榆邑既是如此的古老，此处就该有一池陈旧了千年万载的水，告诉人们曾经的白垩纪，曾经的海底，告诉人们化石的来历及史前动物的秘密。

但是不经意间遇到你，你却使我沉重的眼睑陡然一亮。用什么词来形容你呢：深静、柔滑、明洁、秀媚……或者说，你是质地最优良的丝绸。

一只水鸟蜷起一条长腿伫立水中，像绿宣上一滴可爱的墨点；视界里出现了一只橘色的画舫，唐诗宋词遂向我们缓缓驶来。

静，我倾听着云竹湖的呼吸。无数只蜻蜓张着蓝黑色的翅膀飞过，让我想象静夜，落在云竹湖上的美丽月光。

那只水鸟忽然腾空而起，就像我心头掠过一首金声玉振的诗歌。哦，古老的榆邑，正该有如此年轻如此单纯的碧水，与它交相辉映。

握满两手的失意、委屈和艰辛，都托这盘旋上升的水鸟驮去，至碧空，化为乌有。

还有最重要的：心中有爱，就轻轻地、轻轻地，说出来。

# 土豆花开了（外一章）


## 土豆花开了


走进岚县河口乡土豆花风景区，凉风吹送，微小的雨点乍洒还收。空气舒适而美好，每人胸口都多了一朵含雨的云。

十万朵玫瑰，也比不过眼前的美！这万亩土豆田完全可以看作是一张关于海的特写照片。首先，它是辽阔的，其次，它是静止的。无边无际的青翠叶片手拉手汇成绿色的海面，洁白的土豆花高高地蹿起来，就是海面上星星点点的白色浪花。

蜻蜓飞过，蝴蝶飞过，小鸟飞过，它们是这张特写照片的动画点缀。所有长翅膀的物事，在这里都可以飞得比原先更高，因为，它们感受着一地虔诚的仰望。

美啊，土豆花！我脱口而出的时候，忍受过百年寂寞的土豆花颤抖了一下，刹那间花粉荡漾。闲逛的人发现自己忽然变年轻了。有人骑上双人情侣车慢摇，有人若有所思，想起了自己白衣飘飘的青春年代，也曾珍爱过这么一件土豆花瓣般微皱的真丝裙裳。

大地情意绵绵，它的深处流动着血脉，而朴素的果实正在萌芽。我们看不到它成长的过程，我们的成长，却都仰仗过它提供的热量。吃土豆长大的人儿啊，朴实厚道又心怀宽广，期待已久的季节，因此也丰富多彩又意味深长。

或许，土豆花真的可以净化我们最狡猾的灵魂，软化我们最硬的心肠。

## 饮马池草甸

饮马池饮的不是农耕之马，而是冷兵器时代披铠甲冒矢石冲锋陷阵的战马。而今，此处已没有了可以临流而照的深池，马之修长、马之枭勇、马之神武都已随硝烟散尽。我们将要循山路而上，寻觅山顶云间海拔两千多米处那片神秘的高山草甸。

出发的时候已经是云气氤氲，一层一层的山隐在雾中，只给你个半透视的朦胧身影。所有的中远景都是大块面的，且雾气缭绕。这等景象，只有中国画的水墨丹青适于表现。我们气喘吁吁，路过开满野花的林间空地，穿过些针叶林、阔叶林、混生林。我们的脚步都没有停。触目草木葳蕤，没有任何人工修剪过的痕迹。先人们的呼吸在这里保存得完好如初。一鼓作气将到山顶的时候，岚县的雨，适时地又来了。

走在海拔两千米的山路上，圆珠子般的透明雨滴仿佛不是从天而降，而是升自某个深渊，升自往日消逝的某种怀念。我们的脚步湿漉漉的，心思也是湿漉漉的。深灰的雾气淹流过来，颜色一层层变浓。我却越发清晰地看见草柔媚的姿态，松高冷的姿态，欲言又止的石头和枝叶间小动物们好奇的眼神……种种灵光在暗下来的时空里随意闪烁。此间风景世所无。同行有很多诗人，我多么期望他们能在那棵身姿轻盈的白桦树身上写下微妙的诗行。一文友在草丛中找到一枚野草莓，那宝珠般的惊艳，霎时把她的手指染成了微醺的红。

终于登顶！我们如小粒的子弹，击穿了一路松林的暗黑，落足于大片开满繁花的草坪。大地温柔起伏，至草地边缘，遂壁立如削。雨停了，方便我们在崖边远眺那些方言中的村庄。村子的主色是白和红，它在万亩土豆葱绿的背景中，是如此鲜艳又安详宁静。皇天在上，后土在下，这是炊烟、雄黄酒、石头房；这是劈柴，针灸，这是父亲的遗像；这是农历、雨水、井栏和池塘。多少年了，它们依然待在原地，如此轻易地被我找到。

我们轻叹着，深感血在体内流动，一些砂石和苔藓从身上掉落。而面前的时间，哗哗的，川流不息。

除了河口乡土豆花风景区和饮马池草甸，我们还去过白龙山、湿地公园这样一些地方，买过土豆粉条、胡麻油这样一些农产品。身穿布衣的乡亲似乎都是我熟悉的，从他们粗糙的手上递过来的东西格外有着沉甸的分量；隔着密封包装，也能闻到原产地那浓郁的芳香。或许，这才是真正会抓痛我们思念的情感之手，让我们在离开的日子里，不时感念饮马池的美丽和土豆花的芬芳。

# 秘境苍儿会

一个邀约电话，就把我唤离了十丈红尘。走起！奔赴苍儿会，去探访一个尘外秘境，一个绿色王朝。

在看到苍儿会之前，我一直觉得：地球是古老的。它已经存在了几十亿年。在很多地方，她确实呈现出步履蹒跚的老态；在很多时候，确实听得见她揪心的喘息。

但是，走进苍儿会，我欣然发现：在这里，在苍儿会，我们的地球母亲青春貌美！

且不说环抱她的四维森林，且不说那线条浑圆的坡谷山洼，单说苍儿会那直铺天边的翠色，就是世间最美的裙裾。那是以最优良的丝绸裁成的华服啊，再以微温的阳光轻熨⋯⋯年轻美丽的母亲在这里张开了怀抱，于是我忽然幻化为几十年前的赤子，沉浸于无边草海。染料一般深绿的草，毛毯一般浓密的草，眼睫毛一般使人痒痒的草，香气馥郁使人瞌睡的草⋯⋯这是什么样的草呵。我一会意识迷离地在阳光下垂头打盹，一会欣喜而狂乱地在草海里翻滚。多想就此溺于草海永做你的赤子，苍儿会，请为我驱散绿色以外的纠结与潮湿，让我获得自由而灵动的劲飞！

美丽奇幻的夜晚，月光、星光陆续点亮，我的愉悦没有停息——那些草，居然一直拥到落地窗外来守候我！落进绵白的大被之中，鼻端仍然缭绕着奇异的草香，身下仿佛还是那无边无际的绿地，灵魂却于深酣的梦中冉冉升起，变成我日间曾经看到的那只白鸟：尖喙上点缀着鹅黄，脚爪上晕染着深红，在清透的蓝色大气中，傲娇地飞……

也许你会说，苍儿会是个国际高尔夫球场，"在绿地和新鲜氧气中的美好生活"或许真的有点贵。那么，现在是黎明，苍儿会醒来了，我也醒来了，我带你去周边看看。让我们穿着干净的平底鞋子一直走一直走，走穿这昂贵的绿地，隐入原始森林的秘境。

林间幽暗，初时看不到河，但是顺着细瘦的土路走，一直可以听到汩汩的水响。引得人非得离开路，走进那片幽深里去。

迎面而来的，这都是些什么样的植物呢，有多少种、多少棵，无从计数。高的、矮的、阔叶的、针叶的、灌木的、野草的……水边的野花有黄的、蓝的、雪青的、浅粉的……没错，就是它们把河遮住了。其实这河水流挺急，如同一个性格急躁的姑娘在匆匆赶路。有些栖息树丛中的鸟儿被我们惊走了，它们带着不同嗓音的鸣叫盘旋上升，那只黄喙红爪的白鸟也在其中。我多情而长久的目送，只换得它鸟类的傲慢一瞥。

河边散落些好看的石头。是河流从山里给人们带出来的礼物。有那么几块，被我和朋友们欣喜地收藏了。就着湍急的河水一冲，河水继续把泥土带走，石头显出了它的美色。我举着它寻找阳光透过树叶间隙的光斑，居然发现它有着很好的通透度！拥有它的心情，跟远赴新疆的淘宝者在古河床上捡到和田籽玉的心情，完全是一样的。

继续往前走，眼睛已经适应了林间的幽暗，初升的太阳也给了些光线，景物越发鲜活起来。一片林间空地，似乎比外面的球场颜色更深，呈现墨绿色，偏偏有两株碗口粗的白桦树倒下了。如同白龙栖于碧草，营造出舞台布景一样的戏剧效果。

生命在这里不尽完美，而这种天然态正是我喜欢的要点。没有一棵树与另一棵树相同，它们是些个别的、没有经过人类修剪的自由魂灵。一些温热的石头半埋在土里已然多年，它们并不刻意等人来坐，却不经意间摆放成了聚谈的模样。那么还有什么是苍儿会的山谷不能包容的呢？它允许树叶随意落下，允许树干斜指长天，允许石螺一家背着自己的房子随意行走，在绿苔上留下一道道白色的印迹。允许牛在岸边吃草喝水，它行走树草之间，看去仿佛一只移动的巨大花篮……种种灵光在无忧的时空烁闪，苍儿会的山谷秘境，正如波特莱尔的告白，"没有节奏和韵律而有音乐性，相当灵活，相当坚硬，足以适应灵魂的充满激情的运动，梦幻的起伏和良知的惊厥"。是的，它比诗歌更真实，比散文更空灵，它是一首散文诗。

歌声在心中渐渐升起。再往前走，山谷的尽头，就是那棵四人合抱的老树和它所庇佑的，方言中的村庄。

# 苍天般的阿拉善

从太行山出发，去一个苍天般的地方，然后，变奏自己的生命。

——题记

## 一、鸟儿飞过

左边是沙，右边是沙。前面是沙，后面也是沙——只有上帝才可以这样安排：无数粒沙子亲密地依偎在一起，也能簇拥成耐看的风景。

阳光一如既往地耐心。它执一支金色大笔涂抹这一览无余的沙漠已然千年万年，只有这里的沙子才能知道，金子有三十多种颜色；风儿一如既往地温柔。它是上帝的手指哦，在柔软的沙海里梳拢沟壑坡脊，它只需轻轻、轻轻；鞋子在这里，则完全是一种多余。我赤裸的双脚如舟，在沙丘上划出曲线，又随时被海浪般渴望亲吻的沙子填平。

你不要以为沙漠就是干渴的代名词，不知道何年何月何日，银河倾倒了一斛珠子般的星辰，至沙漠，幻化为星罗棋布的湖泊，就像古

110

老的沙漠睁开了一百四十四只年轻的眼睛。巴丹湖一如既往地静默——它的骄傲，用不着以声音来表达：金黄芦苇、葱绿小树、蓝的天、白的云……世界上最美的颜色尽融入它怀里的湿润。万能的上帝在这人迹罕至的所在遗下一幅伟大作品，即使干燥和风沙围绕，也显出脉脉温情。

那么美丽的巴丹吉林沙漠，你还缺点什么呢？环顾四周，忽然有了身轻如燕的感觉：巴丹吉林，美丽的巴丹吉林，请让我做一只过路的鸟吧。我活泼地从你的天空里飞过，让鸟语在云朵里脆生生地炸响，让涟漪在巴丹湖的水面上，一圈圈地漾开……

哦，巴丹吉林沙漠，我愿是你的一只鸟。

## 二、教徒顶礼

走进曼德拉，走进史前洪荒。

这里好像没有生命啊……沙砾、顽石，连天接地。从火山爆发的那个时刻起，这里就坠入了无边的沉默。甚至连石缝间，都长不出生动的小草。

而我的心脏，比曼德拉的荒野还要干燥。我循着一个穿透心扉的召唤固执地拾阶而上——我原本就是干渴的教徒。我行走，我攀登，我至山顶，纵目。

哦……

黑金似的玄武岩如神秘的咒语起伏于地壳的曲线。六千年前那些自由地游弋于"文明"绳索之外的人们，在坚硬若铁、平滑如镜的岩面上，用金色图形记载了人类童年的情景。

轻抚岩画，古人们即骑马，骑骆驼，赶牛牵羊地从画面里鱼贯而出。他们是人类的优秀标本啊，男子汉剽悍，女人丰腴，老人慈祥，孩子则宛若天使。人们金色的眼睛里，满盛着阳光般的微笑。

日子如此温暖，大地如此温暖。岩画不动声色地讲述着世界曾经的安详。

帐篷里升腾起牛粪火，草地上盛开着小野花。牧归的人们安坐驼背，马头琴韵律悠扬。曼德拉的山顶，弥漫着生活的声音。那时的世界既是如此广阔，人们也就无须争夺。岩画上没留下攻城略地、战争杀伐的记载。唯有这亲切的声音、这叮咚作响锅碗瓢盆呼儿唤女的交响，升腾至云端，化为一场酣畅大雨，让我焦灼的心脏终于沐浴到了一场透彻的洗礼。

真正的美，就存续在这毫无争斗和机心的自然生活里。这就是最深刻最本真的宗教，是渺小的生命对于无限自然最虔诚的皈依。

何必为你惋惜：众生的浊目只见千里洪荒，蒙昧的心魂，怎识得天地之大美。曼德拉，我的教堂、我的圣殿啊，我宁愿你永远光华夺目却不必为俗人所知：有我的顶礼，一切足矣。

哦，曼德拉山，我愿是你的一个信徒。


# 三、音符缤纷


在阿拉善的日子里，随处随时，都可以听到歌声。剽悍的汉子、美丽牧羊女、官员、诗人，无人不是高明的歌者。

这是一个诞生歌曲的地方，这是一群乘着歌曲之舟横渡人生的人们。

草原歌曲大多有这样一个特质：深沉悠长。即便再浮躁的心灵，也能在这样的歌声里安静、安静，即便再匆忙的脚步，也能在这样的节奏里放缓、放缓。在天高地远、远离了闹市喧嚣的地方，人们好像总是在沉思人生，找寻它的根本。生命的本原，也就在歌声中，缓缓铺陈于听众的眼前。

我看见：漠野有痛，空旷而苍凉；长路缱绻，极目无尽。人类祖辈放牧、耕耘，吟唱着这些歌子一直向自由和幸福行走。人们曾经的忠诚和善良、刚勇和柔情，在歌里世代相传并历久弥新。

而争权夺利、勾心斗角、灯红酒绿、浮世繁华，也在这悠长如母亲召唤的质朴歌声里现出丑陋原形，并还原出它们本身的渺小，然后，被恍然大悟的人们轻轻抬手，如蛛丝般拂去。

草原的歌声就是这般，于沉重过后给你如释重负的轻松，于迷惘之后给你如梦方醒的启示。父亲的草原母亲的河啊，是人类永远的营养。有个好朋友曾经对我说："阿拉善是治愈人类心灵疾患的地方"，果然。

在阿拉善右旗的广场上，我遇到一群正在练习蒙古长调的孩子。孩子们的嘴唇如玫瑰花瓣般鲜嫩，花瓣轻启处，歌声却悠远而辽阔，带着与他们小小年纪不相称的深沉。这无字之歌，传承于他们的祖先和父兄，孩子们的人生之旅，也在这歌声里启程。

我本是虔诚的听众，心魂却在歌声中渐渐蜕变。我如破茧之蝶，挣脱俗尘的羁绊，轻盈腾空、喜悦翩跹。

哦，阿拉善，我愿是你的一个音符。


# 四、草香弥漫


我闻到了好味儿的草香。在右旗一望无际的荒原，在曼德拉寸草不生的石砾间。阿拉善的四野少见参天巨树，你的感官却可以知道：无数小草正在你的无视中，蓬勃地生长。

荒原寂静。同伴们或坐或卧在草地上，也不约而同地与荒原一起保持着沉默。这个时刻，最宜从灵魂深处与大地、阳光、空气以及那渺不可见的远海对语——不是吗？远古时候，这里原是海。人们存身的地方，也许就游动过蓝色的鱼。但是现在，大地坚实，负载万物，并直接沐浴到阳光！它通过体表的茸茸浅草表达自己的感受。这开满了小花的绿草地，就是大地的皮肤。

这片荒原退牧已久，身下的草丛星星簇簇，还没有连接成绿缎子般的草坡。但是我能听到他们独特的声音——它们都在悄悄地扩展自己的地盘，以便实现互相间天衣无缝的对接。不经意间揉搓土块，把一棵小草碰断了。那朵睡意正浓的小白花从草叶的尖顶跌落的时候，翠绿的草茎竟滴下一滴翡翠般的眼泪。这使我万分歉意，草香的味道却在此时更浓烈地包围了我。由此我知道：每一片草叶都是有生命的，这奇特的香气，应该就是它的语言吧，是我的鲁莽让它们发出了更强烈的声音。

我不知道它们的名字。正如它们也不认识我。但是这不妨碍我们之间的交流。以一草之卑微承接万能的阳光并散发出自己的味道，这里的每一个生命，都是有意义的。

哦，荒原，我愿是你的一棵草。

# 走读云梦

晋冀交界处，有山名云梦。流火七月，我到彼一游。

## 一

走进云梦，你不妨想，云梦不是山，而是个沉睡的巨人。

你看，青翠的森林是巨人披散的长发，高峻的山岭是巨人侧卧的身躯，蜿蜒的山径是巨人伸展的手臂，而气喘吁吁、汗流浃背地攀缘而上的我，则是巨人手臂上蠕动着的一只蚁。

透体而过的山风是巨人深酣绵长的鼻息。我散漫的脚步未能拨动它哪怕最细小的一根汗毛，它不会因我而醒来。

我小心地触了下路旁的含羞草，它那两排细密的叶片倏然间像睫毛般闭拢了。

哦，问好沉睡万年的巨人。在红尘之外的这个地方，在时间之外的这个空间，我们的邂逅意味深长。

# 二

阳光从亘古不变的高空一泻而下，却被蓊蓊郁郁的森林裁成了细碎的美丽纹样。哦，这就是巨人从不更换却常穿常新的布衫呀。

古老的山林是这样的寂静。

树洞张着深黑的眼睛凝视我走过的脚。高大的黑蚂蚁排着整齐的队列在山路上游行。偶尔一声嘹亮的蝉鸣，也被原生态的密林切割得断断续续，过滤得温温柔柔。

顺着枝叶间一个蓬松长尾看去，叶片的间隙中隐约地露出松鼠的两个活泼泼的眼睛。这聪明的精灵，正坐在枝头上好奇地向我张望。当它的目光与我的目光对撞的那一刹那，它一纵身腾空而去，在树梢上弹下几片音符般的绿叶。哦，它是害羞了啊。

山林的寂静中又隐伏着生命的循环和搏杀。

一只黑白相间的喜鹊忽地斜刺里飞来，嘀走了为我引路的黄蝶。引目追踪，却见雕塑般凝然不动的白云里，两只铁灰色的苍鹰正伸展巨翅骄傲地滑翔。

脚下的山径上，时可见新鲜的兽粪，辐射着野生动物最强烈的存在信号。哦，或许是山猪，或许是狼，甚至或许是豹子从这里刚刚经过。密不透风的草莽中，也许正游走着阴冷的巨蛇。

没关系。在云梦的怀抱里，我们没什么不同。我们一样地叫喊，一样地奔跑，一样地渴饮山泉，一样地是它天真的孩子。

# 三

在人迹罕至的所在，孕育了生命的最原始的水，恣意地流淌着。

远路而来的水呵，你时而从地面的一个泉眼里一涌而出，时而从山腰的一线伤口里点滴渗出，时而从一堆乱石里无声漫出，终于汇成了一股浩荡的清流。谁能知道你的家乡在哪吗。而你时而高歌，时而低吟，你又是在唱着一首什么样的歌呢。

你从草坡上漫过的时候，叫作河；你被挤下石涧的时候，叫作溪；而当你收不住脚步，惊讶地喊喊着从山的头顶、肩头一跃而下的时候，你又叫做瀑。就像冥冥中有一个沧桑的书者手握如椽巨笔在这块远离尘世喧嚣的净土上奋笔疾书。你曲曲弯弯的轨迹，就是他使转纵横的真草隶篆啊。

哦，看这个深不见底的绿潭！沉睡的巨人怀里，竟抱着这样一面美丽的圆镜！天光云影、日月星辰在这镜中去去来来，是它们也想临流而照吧！自由自在的云梦山选择了这里来展示它的万千风情。也许这面青崖绿草环绕的天然宝镜，从它被造就的那一刻起，就成了云梦山最温柔、最优美的表达。

不，不要告诉我，战国时的鬼谷子曾经在这里修道授徒，不要告诉我，孙膑、庞涓、苏秦、张仪、毛遂曾经踏着隐秘的山径来过这个潭边，更不要告诉我，他们也喝过这里清甜的水，并在这面镜子里照过他们沧桑的脸。不，云梦是个沉睡的巨人，他做的是世外之梦。你看他写在这林间水里的梦境，就应该知道，他的梦里，不曾有一丝人间烟火之气。

# 四

草草铺就的石卵路断断续续，没有路标，也没有为弱智者指路的箭头，云梦对登临者有的是宽容和信任。凭着灵感和兴趣，你一路走吧！逆着迎面而来的水，顺着背后吹来的风。要是走累了，就在泉眼边蹲下身子，掬一捧清凉甘甜的透山水，连同水中活生生跳动的音符，连同水中绿幽幽流动的清风，一起喝下肚去。

终于走出森林。太阳一直暗淡无光，到此时，忽然光芒万丈。我对着云梦大喊：哦哦哦哦哦……

五个小时的攀登没有让我觉出一丝倦怠。我感觉自己像一枚果实，经过云梦的洗礼，渐渐地灌满了生命的液浆。

人们说云梦有九瀑十八潭，是北方的九寨沟，我说不。云梦有它别样的美丽，有别的任何名山大川不能比拟的雄浑、幽美、清丽、爽朗诸多元素蕴合而成的自然风情，最可贵的，它是一方没有被人们加工、践踏过的天然净土。它用不着借助谁的名字成名。

请不要用"雅""俗"这样的字眼来形容它，也不要用子虚乌有的故事来附会它。人类发明的所有辞藻中，也许只有"天然"二字才配得上它。它是山外之山、水外之水、境外之境。连这些静谧的潭、激情的瀑，都一并不需要人类赐名。让不同的人在它面前感悟到不同的人生哲理。体会到不同的生命快乐，岂不更好呢。

文章是案头之山水，山水是地上之文章。走出密林，这篇文章该将近尾声了。再见！再见！在我身后，天门隆隆而闭。云梦啊，你安心的继续你的长梦吧！

# 白洋淀掠影

白洋淀，白、洋、淀。

三个湿漉漉、水淋淋的汉字，组成了一个美丽的名字，织成了生活在干旱山区的人们对于水乡泽国的神秘和向往。

何其有幸。这个初夏，我得以乘着清晨的凉风，走进王家寨，走进无边荷海，走进图画深处。

千亩荷塘如一幅绚烂的长卷，向天边款款铺开，荷叶碧绿如洗，密匝匝朝天张开，无数朵粉色的荷花、荷苞，就在这绿海之中乘风摇曳、舒卷开合。极目远眺，不见花，不见叶，只见一片绿海之上，缀满了星星粉点，越往远看，绿色越少而粉点越密，至与天相接的地平线，已不见绿色，粉点接续成一条由浅至深的粉色长线。

白洋淀中有九个孤岛。属于王家寨的这片千亩荷塘，一色野生的粉色单瓣荷花。循着纵贯荷塘的木浮桥缓缓行去，可以近距离欣赏它的模样；从浮桥上下去，又可以踏着荷丛中隐藏得很好的石墩分花拂叶，走进荷海深处。几近透明的粉色花瓣上流动着日精月华，莲蓬上散落的小圆眼里孕育着淡绿色的莲子，脚下的水底埋藏着洁白的莲藕。一不小心，围绕着莲蓬的那圈嫩黄丝绦就会在你的衣服上染上点点黄斑……这粉、绿、白、黄的诸般颜色是如此的纯净，配得又是如此的和谐。哦，这一朵荷花，就是一个色彩的范本，一场色彩的盛宴啊。这样美的花，一朵就足够使人倾倒，又哪堪连天接地、铺排成阵！

细细的木浮桥在晨雾中时隐时现，像一段曲曲弯弯的心事。晨钓的游人驻足桥上，屏气敛声，像美文里的标点。晶莹的露水在荷叶的心田里酿成透亮的水洼，在荷花的衣裙上挂成繁密的珠饰。早晨的荷田，笼罩着一层清绝的淡香，恍如梦境。

寂静中忽然响起一个细微的爆裂声，惊回首，一朵荷花已然凋谢。硕大的花瓣如慢镜头般飘然堕下，水面顿然被它敲击出无数涟漪。花落处，凸现出圆圆的莲蓬，像孩子可爱的笑脸，在晨风中轻轻摇曳。哦，这美丽绝伦的花敢情是有着这样的性情。就连它的谢幕，也是如此的从容，如此的壮烈，如此的意味深长。

耳边又传来一串水响。一片荷叶载不动叶心里攒满的露水，遂将身一侧，将这酝酿了一晨的宝物倾成一片碎玉，撒入了脚下的池塘。

此起彼伏的，荷海的清晨不断响起了这种摄人心魄的声音，这非同凡俗的声音让我心底油然生出一种冲动，我想变成一只平凡的蜻蜓，生出一对自由的纱衣，在花海里尽情徜徉，在每一只荷苞上驻足，在每一个莲蓬上留恋，跟每一朵将谢的荷花窃窃私语。

朋友发信息来问我赏荷心得，我只回了两个字："感动"。

白洋淀河湖交错，水道纵横，地形十分复杂，宽阔处可极目天际，狭窄处仅容扁舟通行，在游客眼中不啻迷宫。只有土生土长的白洋淀人可以像熟悉自己手心里的纹路一样，循着它的每一条密道自如穿行。

第二天一大早，农家乐的户主老王带我们去闻名遐迩的荷花大观园游玩。

"欸乃一声山水绿"。看了柳宗元这一句，即深印在脑海里了。家乡缺水，儿时的小心灵，对于这"欸乃一声"曾是有过多么强烈地向往啊！

而此刻，欸乃声声不绝于耳，吱嘎作响的小舟在波的圆峰和浪的浅谷里轻柔地滑行。眼前水色碧绿，岸上蝉声悠长，阳光在满淀细碎的波顶用无数光点织了一张金灿灿的大网，尖尖的船头把这网不断地撞碎，这张网又在船过后迅速地合拢。这是造物主的网，白洋淀这一方子民都在这张网里往来忙碌，找寻着属于自己的生活。

白洋淀里九个岛，岛岛隔水相望，鸡犬之声相闻。从水面上看去，岛上人家都在很高处，红砖瓦顶，绿树掩映，家家有条弯弯小路一直通下来，通到水边的小码头上。小码头上通常都系一两条小船。更有的人家在码头边上也种一大片荷花，小船就半掩在荷丛里。一两个女孩子在高高的树荫里坐着，一边闲剥莲子一边眺望淀上风景，端的是如诗如画。

迎面驶来一艘大型运输船，满载着青砖、水泥、沙子等建筑材料。我想起一个问题："这岛上建房子，建筑材料全由岛外运来，成本一定很高了吧？"

"那可不。"老王叹口气说："可贵了。我前年才盖了一处房子，光是水路运输这个运费，就花了三万多。不过啊，"他腾出一只手指划着："淀里出产也多哩。你看这网箱养鱼，养白鹅、麻鸭、哪不能挣钱。还有荷，浑身都是宝。岛上人家，不是做松花蛋，咸鸭蛋，就是加工鹅鸭绒，差不多家家都有工厂哩！"

果然一方水土养一方人，水上生活，竟也是很丰腴哩。

孩子却抓住一个话缝，好奇地追问："老爷爷，你说荷浑身都是宝，到底有哪些宝呢？"

"呵呵，孩子，你看啊，荷开的季节，6月初到9月底，全国各地该有多少人来俺这白洋淀赏荷游玩，这白洋淀一共四千多艘大小船，忙得团团转。这游客吃喝玩乐，哪不是钱？等荷花败了，荷叶可以收了作中药，莲子，那是上等补品，莲心既是茶叶又可以入药，藕根是一种菜品，你说这荷，浑身上下哪不是宝呢？"

嘿！老王一番话，令我茅塞顿开。古往今来，咏荷的名人、赞荷的诗文见到过太多了，屈原在《离骚》里就有"制芰荷以为衣，集芙蓉以为裳"的诗句，那是以荷花象征自己高洁的品格；宋朝杨万里有"接天荷叶无穷碧，映日荷花别样红"的名句，那是赞荷花的壮观与美丽。这些大诗人不知是不是了解，荷在美貌和精神之外，还兼有济世活人、滋养世俗的用途呢？

白洋淀里有四千艘大小船只，但是淀面大了，景点多了，看在眼里，也只见疏疏的几只。我问老王，为什么不买个摩托艇呢，他笑笑说，淀里来的游客，各种性格和年龄的都有。有的喜欢快艇，图的是快，要的是刺激，有的就偏好我这小木舟，安静、休闲。我摇了一辈子小木船，还没摇够呢！

可不是嘛。头顶荷叶坐在这古老的小船里，听着桨声欸乃一波一浪地慢慢走，跟老船工一递一句地聊着淀上物事，这股子怀古怀旧的滋味，真好。

两天的旅游让我稍稍走近和了解了白洋淀人，他们真如孙犁笔下《荷花淀》一文中所描写的那样淳朴和美好。告别时，老王送了我一袋刚出锅的咸鸭蛋，他的老妻送了我一包墨绿色的莲心，殷勤送至码头边，一再叮嘱再来。

这美丽的两天在我平凡的生命里，真如一朵一闪而过的火花。虽然短暂，却照了一个美丽的亮。回望白洋淀，水波浩渺，襟怀里多了些人情的湿润，对于旅游来说，这是多么珍贵的附加值呢。

再来，必须的。

# 乾坤湾与"和"文化

小时喜欢诗词，常见对黄河的描写。李白的"黄河之水天上来，奔流到海不复回"，刘禹锡的"九曲黄河万里沙，浪淘风簸到天涯"，描写的都是一条脾气暴躁的活龙，挟雷霆万钧之势、以电光火石之速，咆哮而来，势不可挡。人们对它有种"可远观而不可亵玩焉"的敬畏，是毫不足怪的。

而在山西永和县境内，你看到的黄河却是另一个模样：九曲回环，低吟浅唱，山水相抱，山河相依。圆润的岸线在黄土地上划着一个接一个优美的"S"。那条狂暴的龙，在此处化身为一条安静的巨蛇，继续蜿蜒前行。

传说中华民族的始祖伏羲氏就是在这S形的河湾里悟道的，身临其境，即知传言非虚。这S曲线与太极八卦的阴、阳二仪简直丝丝入扣。《易传·系辞》中载："古者伏羲氏之王天下者，仰则观象于天，俯则观法于地，观鸟兽之文与地之宜，近取诸身，远取诸物，于是始作八卦。"试想，上天画此天然八卦图于大地，并预为排列左青龙、右白虎、前朱雀、后玄武诸极，焉无深意？伏羲于此创太极八卦，实乃天之旨意。

"一阴一阳之谓道"，是智慧的中国古人对太极的诠释。万事万物都有两面，黄河也一样。它有刚猛至极的关口，比如壶口；也有柔美至极的路段，比如永和。上善若水。黄河作为中华民族的母亲河，它在壶口的那一番奔腾咆哮，只是偶尔的宣泄，而它在永和的温厚醇静，才是慈爱母亲的本色。可以说，不来永和，你就不能真正地了解黄河。

太极精神博大，八卦义理精深，人皆言：《易》不易，经难懂。然而以《易经》入世，并非不可行，有个人人可以亲近的字：和。

"和"，是一种气象，一种涵养，不是看一个人知识多少、文凭哪级、口才如何，更不是看一个人拳头多大、职位多高、钞票多厚，是人受阴阳二气而修成的道德，以及二气相交所产生的"特性、气质"。

一个"和"字，不仅折射着太极精神。也是中国传统道德的精髓。中国人无论什么场合、什么团体，都讲究"和"。人与人之间相处，贵在"和气"，和气方能生财；社会进步、太平盛世，贵在"和谐"，和谐才能"政通人和"；一对爱人结婚，人们赞说情投意和、"鸾凤和鸣"；年景不错，叫作"时和岁丰"；宜人的气候，叫作"和风细雨"；遇到困难，大家要"和衷共济"；君子之间，即使有不同意见，也要注意风度，落得个"和而不同"；吃五谷生百病，需要"调和阴阳"；即便遇到让自己别扭、生气的敌手，最好的结局也是"握手言和"……小到一家一户一人，大到团体、社会、国家，要想好，就离不开这个"和"字。可以说，有它即吉祥，无它必乱套。

作为太极文化的发祥地，永和天然拥有"和"文化。不仅"和"，而且"永"，这是这个河边小县的福祉。黄河流经河浍里村这个地方，面对亘古石崖，黄河没有与坚硬的对手去死嗑，弄得"乱石穿空、惊涛拍岸，卷起千堆雪"，而是温柔地拐了一个接近正圆的弧，以弧的方式调整了方向，形成了山环水绕的美景。这是典型的"河"的智慧。这些逢凶化吉、

124

化敌为友的手段，是山川地理在亿万年的修行中渐渐悟出的，事实上也成了我中华民族以退为进、以守为攻、以柔克刚、隐忍包容的这样一种性格特点的借鉴和依据，这是一种东方哲学或曰东方智慧。

永和的黄河既是如此善解人意，布衣的乡亲也就纷纷地傍了黄河安家。站在河浍里村后的石崖上，阳光灿烂，大气湛蓝。俯视河右岸：农舍疏疏落落摆放，屋顶上炊烟袅袅，屋前晾晒着雪白的被单。而左岸的青山葱茏如滴，那簇拥着石径的鲜草如鸡蛋清一样软嫩滑腻。左右岸夹峙之间，母亲河灿烂似金箔，在阳光下举起亿万支金箭，一放一举，一举一放，宛若千军万马的操练。可以想象向晚：灯火一盏一盏亮起，温暖一朵一朵打开。头一落枕，就可听到黄河不紧不慢的涛声为你催眠。所谓的生活，在这里完全是一首飘落尘外的安谧的诗。

而外部世界的现状是：城市越来越大，生活节奏越来越快，我们生存的环境，慢慢变得像造价不菲的布景，我们在工业化的城市里疲于奔命，我们一次次承受冷酷现实的击打，一次次倾听着内心城堡的坍塌。我们在祖先那里传承下来的温良恭俭让，到底还留存几何呢？

纠结之余，不妨到永和来吧！沿着黄河散步、发呆、听涛，吃鱼，享受一回现代社会里难得的"和文化"、慢生活。对着那逶迤而去的母亲河，把烦人的心事尽诉，把伤心的珠泪尽洒，然后找回自信，一身轻松地回到自己的人生角色里去。这"黄河蛇曲国家地理公园"给予游人的，除了别具特色的自然风光外，还有心灵的触动和自我反思。也许这后者，才是更重要的。

第四辑　飞鸿踏雪泥

在世俗的苦心和文学的良心之间，那些惊心动
魄的美正在被丝丝缕缕地瓦解。风很大，森林沸腾，
我的声音被一粒鸟鸣遮蔽……

## 绿檀的香气

很多年以前，因为家庭装修的缘故，我曾在一家红木家具店里徜徉。转到店铺一角的时候，一阵奇异的香气使我停下了脚步。那里，有一尊木雕的汉代仕女像。

我那时对于名贵木头完全不了解，之所以一眼就能判断她代表的年代，完全是因为这尊仕女雕像的发型和服饰——头发中分，脑后垂髻的发型配上窄腰宽袖上襦下裙的汉服，使这翘首远望的小女子看起来朴素、洗练而又优美。汉朝是个开疆拓土、全民皆兵的朝代，国家经常处于战争状态。那么她是牵挂着正在远方征战的良人吗？

小心翼翼地触摸了一下仕女垂瀑般的及地长裙，又把手指放在鼻端一嗅——这撩人的浓香，果然来自这尊木雕！

店主介绍说这是绿檀。但是我有点信不着他对于檀香的解释——如果它真有这么香，那什么香奈尔、莎丽玛都统统可以废弃不用了，女人们在衣袋里装上这么一小片木头不就结了？

店主有着耐心和好脾气，进一步解释：檀木这种东西如果长期放置，香气确实会渐渐淡去，但是你若是去打磨它、切割它，这种香气马上又会很浓郁地散发出来。这尊雕像正是因为才做好不久，所以说香气如此浓烈。半信半疑地正听着，手机铃声突然大响起来，我因为急事离店而去，与绿檀的一面之缘就此戛然而止。

最近我迷上了磨木头。星期天的下午，窗外飘雪。我在客厅里设了个空阔的座位，准备一边看电视一边磨刚收到的无事牌原料。下意识地在一堆红木毛料里随手一拣，恰好拣出一片绿檀：冥冥中似有天意啊！

随手打开电视，央视记录频道正在播放《我从汉朝来》第二集《汉子的荣耀》，解说词写得朴素，深邃，再加以高超的摄影和强大的后期，从一开始，就吸引我深深地看进去了。作为中国人，特别是长期阅读、写作的中国人，内心或多或少都有一些汉朝情结。汉王朝建于公元前202年，两汉延续四百多年，是一个野心勃勃、雄性十足、称霸世界的强大帝国，我们由此被称作汉人，说汉话，写汉字，男人被称作汉子。许多了不起的汉子——上至帝王将相，下至武士侠客们被司马迁写入《史记》，遂成永恒。影片里提到两个古代故事，一个是有名的荆轲刺秦的故事，知其不可而为之，舍生取义；另一个却不甚有名，是季札挂剑的故事：吴国王子季札，出使路过徐国，徐国国君十分喜爱他身上佩戴着的剑，季札答应等出使归来就将宝剑赠送他。可是等季札完成了使命特地来到徐国，那个国君已经去世了。然而季札并没有因此而废约，他摘下宝剑恭恭敬敬地挂在国君墓前以践前约。按说这个故事跟荆轲刺秦比起来，好像没有那样的分量和激情，但它同样是郑重地镌刻在武梁祠里的汉代画像石刻故事，作者的目的很明确，就是要使它名垂千古。那么我理解，季札所"挂"之剑，在这个故事里已经不是一把普通意义上的兵器了。它蕴含了礼、义、信、勇几重意思，足以代表当年古人的道德价值取向。荆轲刺秦、季札挂剑，教化汉子们在勇武的同时，不忘信义。这是一柄剑同样锋利的两面，也是后世评价一个汉子是不是英雄的两个核心标准。

说起来，那个铁血时代英雄好像特别多。刺秦的荆轲不畏强暴杀身成仁固然是大英雄，被刺的秦王囊括四海并吞八荒，难道不是大英雄？就连把头割下来送给荆轲，以成全刺秦壮举的樊於期也算是英雄！汉人们尊崇这样的英雄，遂将其事迹画像勒石，世代礼敬，在石壁之上的男性世界里，有重于生命重于欲望的东西存焉，于是大汉朝风起云涌，英雄辈出，一条波澜壮阔的历史长河，就此在血与火的背景下展开……

突然，我鼻端飘过一阵香气，仿佛瞬间让我回到几年前那尊汉代仕女像前。我把手里一直在磨的绿檀木片举到鼻子跟前。哦，哦，那个店主没有说谎，绿檀，它果真有着奇异的香气！随即，香气愈加馥郁，如丝带般缠绕了我。而拂去表面的木屑，原本不起眼的家伙竟如新磨的铜镜般闪出了炫目的华彩，还有黄绿间杂妙不可言的美丽花纹！

信心大增，在一种空前愉快的心情里，接着看电视，接着磨木头。

河北有个荆轲村，据云村子坐落在荆轲的衣冠冢上，而村民皆是荆轲后人。但是村人却似乎并不怎么感兴趣荆轲的故事。受到采访的村支书在回答记者提问时说，也没有觉得什么特别，反正这个社会，大家都在一门心思琢磨挣钱，村里青壮全都外出打工，地里的庄稼只有老人和留守妇女照管。看来，荆轲之剑与季札之剑在传世的石壁上静默，汉子们的后人却仿佛视若无睹，一味地"天下熙熙，皆为利来，天下攘攘，皆为利往"了。

那么我们没有侠客情怀了吗？中国人不再崇拜英雄了吗？不少人对此表示悲观，我想一定不是。如同手中的绿檀，放置久了，香气或者会渐渐散淡。然而这气味乃是它基因里的东西，存在于木头那隐秘的每一个棕眼每一根导管，即便绿檀被伐倒，被运到千里之外，它的基因没有变，性质没有变，香气只是在木头深处沉睡。现在国人这种物质第一娱乐至上的颓废情形，亦如一种精神的沉睡，那些存在于我们血脉之中的优秀基因并没有死亡，它只是需要唤醒，就如同绿檀，需要被雕刻，被打磨，然后我们又会闻到它奇异的香气，看到它耀眼的光芒。

如《我从汉朝来》这样的节目，就是对整个沉睡民族的一个唤醒，我们也许可以循这部影片上溯回汉，让引导社会主流的男性公民知道什么才是"汉子"，不是撒娇卖哕的花样美男，不是被欲望玩弄于股掌之中上蹿下跳无所不用其极的小丑，即便我们开着汽车，打着手机，即便我们喝着古人没有见过的咖啡，但是我们骨子里仍然应该像我们遥远的祖先：朴素庄重、谦逊礼让、义无反顾、一诺千金。

绿檀被打磨好了，它原来有这么美。沉甸的质地、锦缎般的木纹、灯光下偶尔闪过的奢华光泽，皆令人把玩回味不已。手握一枚，即如入芝兰之市，香气沁彻人心。

## 文人的标签

我认识的一位女诗人，诗写得美，人长得美，在地方诗坛上，称得上是一个偶像级的人物。

但是在一次笔会上，当主持人用"美女诗人"这样的词来介绍她的时候，却引发了意想不到的抵触。她颇带激动地宣称：她不是什么"美女诗人"。作为一个诗人，她只愿意以自己的作品来说话。"美女"与"诗人"，绝非一种上佳的文字组合，亦绝非一种褒奖——"如果你们愿意的话，你们可以在不同的场合分别称我'美女'或者'诗人'，就是不要称我'美女诗人'。我实在是很反感，真的。"

精彩。我忘记了这是会议场合，率先为她鼓掌喝彩！

作为文人标签，"诗人""作家"这些词，本身就有传统的光彩。一个"爬格子"的人，"爬"到一定的份上，"爬"出不少可圈可点的作品，得到读者相当程度上的推崇和认可，大致就会被称为"作家""诗人"。20世纪80年代，享有这些称谓是很令人自豪的事情。

说也怪，文学鼎盛时期，文人的标签从来是简约、矜持的，即便不着流行衣衫，也带着那么一种前卫和时尚。"作家"就是"作家"，"诗人"只是"诗人"，无须再赘第三字，犹如金庸笔下的江湖客，一琴一剑，即可行走天下。

文学的式微，是大家有目共睹的，随着"沙漠化""边缘化"这些不祥的词汇出现，文学，很快就被这个含义复杂的时代风化得轮廓臃肿、步履蹒跚、面目模糊。犹如伍子胥过韶关，一夜间满头青丝变白发。文学，充分显示了它脆弱、不堪一击的一面。

但是说也怪，那些铿锵悦耳的标签式语词也开始蜕变，"作家""诗人"的身上，竟脱落下若干自恋、矫情、肉麻、下作、气味难闻的皮屑来。你看，"美女诗人""另类写作""梨花派""后现代""下半身"……五花八门、层出不穷，真令人目不暇接、意乱情迷。

有人说这是百花齐放的繁荣，我看着却像是群魔乱舞的梦魇。或者说，这些模糊含混、自作多情的自定义标签，让我联想起无家可归的夜游者。他们肚里无食、身上无衣，濒于"路倒"的危境，只能不顾自尊、不要脸面地捡拾路边的随便什么废纸、垃圾往自己身上乱披乱套，以御严寒，以延残喘。

"美女作家"这个标签，实则是引领流行的先锋人类对没落的文学群体里女性写字族的无情揶揄。细呷，似乎有很多不便言表的龌龊的下意识在里头：比如：看在"美女"的分上，算你是个"诗人"吧；又比如："美女"戴了"诗人"的花冠，犹如月下观色，更添妖娆……一句话，人们津津的主体不是"诗人"而是"美女"，犹如色鬼扒着 T 台、流着哈喇子使劲地往上看，他垂涎的绝非模特的裙子！

文学，走到了社会生活的边缘，而"美女作家"或"美女诗人"，又岌岌于文学群体的边缘，是边缘之边缘，其危险性，就不用多说了吧。

我非"美女"，原无被谬称之虞，但是我愤恨优秀的"诗人"被冠名

"美女"，惋惜原先明洁、崇高的文人标签被水浸得一塌糊涂。如果命中注定，文学再也不能遭逢春天，我也愿借冬日里万里朔风，吹去文人标签上的赘物，还它那原始的优美。哪怕它在寒风中冻僵、风干，也永葆它死而不腐的风范。

# 对话鲁迅先生

古人说"至人无梦、愚人少梦",看来我既非至人亦非愚人,只要合眼,常常是梦魇不断。至于梦境,则多是"日有所思、夜有所梦",梦与现实不但契合,还常常能互为解释、互为印证。

但是梦到鲁迅先生,而且跟先生作了一番意味深长的对话,这却是平生头一回。当然,这个契合不仅有其原因和前提,还有其偶然性因素——某日,我应某文友邀约,加入了一个文学QQ群。

进得群里,承朋友一番介绍,不禁大开眼界——敢情眼前Q友,多为文坛大、小"腕"。但见一个个志得意满、俯仰间英风四流。小小Q群,顿觉满目生辉。咱本是小地方人,见过什么大天,不及考证之余,只得作了一个罗圈揖,胡乱掉些"久闻大名、如雷贯耳"之类的酸文,以示谦恭和仰慕。见这些人受之不疑,才战战兢兢地靠边站了,静听诸人高论。

(注:后经查实,此"大腕""小腕"纯属自定义、自命名或小圈子里互相定义、互相命名、免费赠送。不但其真实水平、才华算不上

"腕"，甚或拿世俗里虚荣的"名气"而言，也跟"腕"字扯不上一毛钱干系。）

　　静听一会，觉这群"腕"们语言贫乏、见解平庸，跟其头衔极不相称，不觉也就胆壮起来，乍着胆子想插话一二，不想话一出口即遭群主当头棒喝："你悄悄地听老师们说话！这里哪有你发言的份？你进过鲁迅文学院高研班吗？你是中国作协会员吗？"

　　敢情，把咱拉到这个所谓的文学群里来，就是让咱来"听老师们说话"的！而没有进过鲁院、不是中国作协会员，就只有听讲的份而没有出气的份。"老师"们敢情是太寂寞了，太需要中国作协会员的成就感、鲁院高研班学员的自豪感，才设坛开讲、愿者上钩的！

　　据说现在社会，高级别的讲座都是互动的，允许设疑、提问、辩论，主张思想交锋、鼓励共同提高。那么这类杜绝回声的演讲就不应该让咱这种耳朵管用、思想活跃的家伙旁听。光景是找几个天聋地哑的残疾人来充数更好些！而且据人家解释，鲁院，即中国文坛的最高殿堂，而高研班，则是各省最有成就、最有前途、最具知名度的年轻作家进修的地方！

　　年轻即是资本，这个倒是可以夸得；三个最最最，却让我想起"文革"年代人们那种"极言其"的语言习惯。有句广告语说"山高人为峰"。高人的高度，老百姓向来是认可的，不过，峰巅之上，惯例容不得多人——上过鲁院的"最最最"们，想来不在少数，那么，且不说现在文学式微，国内外齐叹当今中国文坛无大师，就说20世纪30年代文星璀璨、大师辈出的那个黄金时代，占鳌头、执牛耳者也就那么区区几人，现在这多至成百上千的"最最最"，有哪位是敢跟鲁迅、林语堂、闻一多、朱自清比肩的呢？

　　有道是"赤脚的不怕穿鞋的"。话已至此，我也就把那些酸里巴几的客套搁起，与"腕"们展开了热闹的语言对攻。"咚咚锵，咚咚锵，齐不隆咚锵咚锵……", 刀来枪去几个回合下来, 不知"大腕"是宿醉未醒状态不好, 还是确实头脑空乏肚里无词, 竟然张口结舌、捉襟见肘起来, 于是把大师的脸谱一抹, 露出进化未好的那根动物尾巴, 飞起一脚把我踢出群外了事。

我斗志方兴, 正有若干如珠妙语未吐, 惜乎群是人家的群, 彼既闭门不纳、塞耳不听, 我即无计可施, 只好一个人生了一会闷气。精神不爽, 刚合伏案假寐, 说也巧, 就见月光之下, 鲁迅先生青衫布履飘然而来。心中正有所惑, 不由大喜过望, 上前深施一礼, 就方才之事问道于先生。先生微笑曰: "那等小丑, 何足挂齿。如今文学乱世, 刁民揭竿, 不必以为皆王者之师。他敢自封大师, 你何不自封大师的老子, 让他来跪见。……哦, 哈哈, 你嫌他貌丑, 不屑与其为伍, 那更好说了, 不理就好。何用生许多闲气? 我昔年告知文学青年, 落水狗须得痛打, 其实语境不同, 狗亦不同。我当年痛打者, 无论其是否落水, 真狗也。不打则噬人使伤, 或传狂犬之病索人性命, 后患无穷, 不得已耳。你今日所见, 非真狗, 乃纸糊之狗, 徒具狗形并无狗能。如其落水, 被雨, 皆露原形。纸牙咬人, 有痒无痛, 何必如此当真啊。"

先生说完, 踏着月色飘然而去。我飒然醒来之时, 嘴里兀自念叨着"纸犬、纸犬", 脑子却如醍醐灌顶, 一片清明。是啊。这等家伙本无根基, 地摊上练会了吆喝、生意场上学成了势利, 复又混入文人队里来吹竿。他自弄得三五个不成调调的音符, 便自以为广陵散、霓裳曲, 天上人间无人能出己右, 膨胀到一定程度, 自然爆炸, 自绝于文学。即便自己一片好心, 想把真相告知他, 不到万劫不复之地, 他又如何肯信?

真个先生一席话, 胜读十年书。自后, 当瑾记先生教诲, 亲君子, 远纸犬, 不管前路多艰, 继续奋力行去。民间都说英雄不问出身, 咱, 能在鲁院的高墙之外修得正果也未可知。

# 妙哉文贼

有朋友告知，我的一些旧作，在网络里屡遭抄袭。并发来若干链接。点击看了几个，唯有叹息而已。

《幽梦影》中张潮先生曾言："秋虫春鸟，尚能调声弄舌，时吐好音。我辈搦管拈毫，岂可甘作鸦鸣牛喘。"

鸦鸣牛喘虽不中听，到底还是鸦、牛自己的声音。岂料自从"文化人"手里传统的"管、毫"演变成鼠标，品德即越见退化，竟甘做比鸦、牛之类禽兽更为下作之事：鼠标轻轻一点，即可将他人呕心沥血之作通篇复制，肆意粘贴（这倒好，连传统的糨糊都不用调，节约型社会，果然低碳环保），然后，只屈尊换上自己的名号，就在论坛、博客里粉墨登场！

遥想那位善于抄袭的女士（先生）端坐电脑桌前，一边欣赏音乐，一边轻移鼠标，也许还间嗑小吃，转眼之间，几篇散文已易其主，可谓快哉。

中国有句古话：盗亦有道。这小偷，原是360行的其中一行，与其他 359 行类比，并非易与：一般的要拜名师，名师方能出高徒，不提束修上不得师傅之门；一般的须学手艺，学艺期间得给师傅点烟、师母捶背，提茶壶携夜壶，作万般恭谨孝顺之相，才能学得出神入化的高招；一般的要拼得吃苦：月黑风高之夜爬墙翻檐、人流熙攘之中左顾右盼，辞不得"心惊胆战"四字，心跳频率、血压指数，肯定是忽高忽低、忽上忽下，乃至于不幸被人瞧科，还得拿出刘翔 110 米跨栏的功力，拔步飞逃，更有甚者，得提前打熬一个坚强的神经和一副铮铮硬骨，受得千人万人的捶敲：因为即或妙手空空儿这般道中高手，也少不了河边湿鞋，一旦失手被擒，即须替天下同道承受筋断骨折的报复：往死里打你的，绝不止那些被偷的事主。

然而文贼，比那混在人群中眼观六路耳听八方或者专在下半夜翻窗入室的窃贼，却要形而上得多了。在她（他）看来，茫茫网海，恰似一个无人看守、无摄像头监视的大花坛子，他既徜徉其间，信步留恋，说不得就有权力东采一朵，西撷一枝，拣那入眼的，尽情掳掠一包，然后堂而皇之地带回家，插入自家桌上花瓶，并在花瓶前摆一标牌曰：我种的花！

我有鼠标，即自谓不攻自克、不战自取、不劳自获、不种自收，是为"文贼"。自古窃钩者诛窃国者侯，而窃文者，似乎人家拿他也没什么办法。即或被揭穿，被当场拿获，这个耻辱的叉，也只是打在网络里虚拟的"牛头先生、马面女士"脸上，疼既不疼，痒亦不痒，而躲在网络面具后面、那个现实中的张三李四周先生吴姑娘，依然面不改色心不跳，或换另一马甲别处登场，或佯作不知依然故我：切！看见摸不着，你能把我怎么样！

当然这只是毛贼行径。毛贼窃文，只是于网络中自得其乐，在写不出字却又垂涎虚名的矛盾中走一条不要自尊的捷径。而大盗的行径，就没有那么简单了。

前些年吾省有一豪气干云的年轻女作家，在窃文且被人赃俱获后，居然演了一出惊天闹剧：事主发现被窃赫然而怒，发讨贼檄文欲对簿公堂，本是人之常情。难解的是，窃文被捉者未见做贼心虚，反倒贼胆包天，喊打之声竟盖过了失窃事主，本来一碗清水见底的事情，弄得沸沸扬扬，来往曲折几起几落，才得水落石出。一时间，该女贼名盖过了文名，弄得家喻户晓、妇孺皆知，诚所谓"一夜成名天下闻"！叫人不得不叹后生可畏。观其做派，可用三句民间老百姓的口头语来形容，一曰背着牛头不认赃，二曰贼喊捉贼，三曰猪八戒倒打一耙。

大盗小盗，无非宵小。古人见了这等鼠辈，从来是"老鼠过街，人人喊打"。无奈现代乃迪士尼时代，老鼠已换上一副可爱面孔，登上了娱乐潮流的顶峰。它们在孩子们的衣襟上扮鬼脸，在公园门口迎宾，在大型体育赛事上充当吉祥物……昔日寒酸惶恐的"过街"相、小偷相、翻垃圾相、死得难看相，全都荡然无存。它们偷窃时从容自若、嬉皮笑脸，被捉了就反客为主、大发雷霆。现在的老鼠哪还甘于昼伏夜出、仓皇过街，它们整日里在人类祖先花费几千年时间搭建而成的巨厦华廊里甚至是庙堂祭台上公然出没嬉戏，它们居高临下地俯视我们这些有心无力的被窃失主，简直称得"鼠视眈眈"：它们要做主人，做人的主人，做猫的主人，做天下的主人！

窃几篇小文，那算得什么。

有话说人过三十不学艺，吾已老朽，想来这窃文的行径，此生定然无缘；何况鼠咬人一嘴，人怎好咬还鼠一嘴，只好按下怒火，仍作无事状。忽然想起值此观念颠覆时代，不妨将此事颠覆一番以图自我安慰：彼贼既然"咬定青山不放松"，专门惦记我，那么可不可以这么理解：我这些小文还不那么不堪，值得一窃！

想毕不禁莞尔：妙哉文贼。

# 戏说文学"异人"

我相信于写作一脉，写者群里必有天才。"二句三年得，一吟泪双流"者固然有之，"下笔千言，倚马立就"者也有之。但是即便天才，也是肉体凡胎，肉体凡胎则必有底线和极限，我绝不相信有人能以一天一万字的速度天天写作，以至于一月写出三十万字，一年写出三百六十五万字！

无论用传统的纸墨笔砚还是用新兴的手机电脑上的键盘，只要是手工，人类的输入和输出速度就必然是有限的。即使一个人的思想如长江黄河般奔流不息，他也须一笔一画的写、一字一句地记。单位时间里能记录多少，也绝不是没有上限的！

可理论上虽然是这样，现实中却不断涌现文学"异人"，宣称一年创作几百万字，而且著作煌煌、不容否认的作者，确实不在少数。百思不得其解之余，忽发奇想：也许这类文学"异人"，终究是发明了超级软件，可以扫描脑子里的奇思异想，此人不必假借纸笔和键盘，即可使思想直接转化为文字！如此一来，不妨展开想象：一人端坐电脑之前，脑袋上随便哪里（太阳穴、后脑勺、下巴颏，甚至耳朵眼里等部位均可）开一小口，接一根数据线，电源一开，电脑主机上的指示灯不停闪烁，随着此人思维的运行，显示屏上随之出现了黑压压一屏又一屏不断更新的文字……

或者，电子技术的更新，完全可以把线去掉，代之以感应。其人只要在一定的设备旁闭目安坐，所思所想即可奔至屏上，立马风生云起，枪炮声、歌舞声、点钞声、放屁声、浪叫声随之大作……

继之又想：如此尖端的电子技术，只沦为三级写手制造文字垃圾的软件，未免大材小用，让人惊呼可惜。试用在刑侦、外交、军事上，其威力不可想象。到那时，到处摆放（或暗藏）此设备，人们心中再无秘密可藏。只要你匆匆一过，你的所有想法都会瞬间物化为文字袒露在显示屏上，并随时出卖给那些窥伺在旁、准备给你判刑的酷吏。好，你垂涎珠宝是不是？盗窃嫌疑！你怨恨政府是不是？潜在的反政府分子！你见了某女的短裙想入非非是不是？没有强奸也算未遂犯罪！统统监视起来！怎么，你还不服？根据脑电波破译的思想已经图解为详细的说明，把你给出卖了！摁手印吧您哪！还有比白纸黑字的证据更有说服力的吗？

至于说国家之间互派间谍，军事上设置侦察兵，那就更无必要了。向来是思想指挥行动，如果一个人想都不能想，那还能做点什么？这种环境之下，再高明的特工也是飞蛾扑火。

扯哪了……用曹乃谦的话说就是"走思了"。只能把话再扯回来：文字，不过是思想的记录，如果不通过文字就能看到思想，那写作还有什么用呢？某作家就是能日写千万字，又有什么意义呢？还有什么，比直接直白的活思想更有看头儿呢？但是如果思想不能直接化为文字的话，那些年产几百万字大作的文学"异人"，又是怎么来的呢？

只有鬼知道了。

# 瞬间觉醒

常有这样的情形：你在很投入的读一本好书的时候，会循着作者精心设计的路标，越来越深地走进他思想的丛林。看着那里与红尘中迥异的美景，细细玩味着超脱出人本能的深邃思想，你会流连忘返、感动唏嘘，或者，受彼感染，心头涌上强烈的诉说渴望和写作冲动。好的文学作品总是这样，能瞬间唤醒人们早已沉睡的激情，让人一眼看到人的生命本质，看清我们脚下远远走来又远未走完的人生之路。是的，任何人的生命都只有一次，每一年，每一天，每一秒都不可重复，那么生命该是多么的可贵、多么值得我们珍惜呀！但是如果肯反思一下现实中的我们，却常常看到一副猥琐、自私、懒惰、愚蠢的面孔。到底是为了什么？我们宁可浪费宝贵的时间去追求低级的快乐，宁可放弃崇高的追求去捡拾蝇头小利，一旦所欲得手还会沾沾自喜。可是就在这种漫不经心和自以为是中，所谓"漫长的一生"已成过去，当蓦然惊觉，我们已变成头摇手颤、一无所能的老翁老妪，到垂死的时候，眼前电光火石般地掠过自己一生的片断，才会叹息其中没有精彩的镜头。才会后悔在我们有能力的时候，我们没有清醒地活，没有痛快淋漓地去爱去恨，没有浓墨重彩地写自己的人生……我猜想很多人大概都这样。就是常常为此而心痛和反思的我自己，到了垂死的关头脱不了也会如此。

小的时候，我上学必经的一条小街上曾经出没过一个年轻的会唱歌的疯子。疯子从哪里来已不可考，只知道有个名字叫作"来元"。来元疯得很厉害，常衣不蔽体光着双脚拍手大唱着，兴高采烈地走过街头。我们习以为常的就是他这副乐天无愁的样子。想想也是。现实中的人为生活愁，为儿女奔，为工作累，而疯子，有什么好发愁的？有什么好担心的？正因其什么都没有所以他才这样无忧无虑地大唱吧！所以我们小小的心里，从来没有觉得疯子是可怜的。小街上住着我们一个班里五六个同学，上学放学常常结伴而行。路上遇到疯子，我们就会尾随在他身后，央告他："疯来元，唱一个！给唱一个！！"疯子有时对我们的请求置若罔闻，有时则会很痛快地说："好，唱一个就唱一个！"随即拉开了嗓子拍手大唱："送情郎哪只送在大门依的儿西，从西边就来了一个卖梨的……"疯子有一副好嗓子，高亢清越而且不跑调。疯子还有一个好脾气。他疯虽然疯，却不打不骂不追我们，所以也不必惧怕他。他在我们这些小孩的眼里，实在是一个很安全又好玩的大玩具哩。

忽有一天，放学时逢骤雨。我来不及等别的同学，头顶书包往家里飞跑。跑过书店的时候，却看到疯来元一个人正站在书店很深的屋檐下号啕大哭（天啊！这是从来没有过的！）。他哭得是那么的厉害，而且一边哭，一边以手捶墙，以头触壁，发泄着一个正常人痛不欲生的那种绝望。我惊呆了，不由得停下脚步，一个人站在雨中向他呆望起来。我的直觉告诉我，他的智力复活了！此刻痛哭的疯子，脑子里是清明的！他一定是知道了自己的处境，并且无力改变所以才这样伤心和绝望的！！而且他也知道他的清醒是暂时的，用不了一会，他就又跌回到那个万劫不复的深渊里去了！

这个场景从那时起到现在一直困扰着我，使我不得不反思正常人与疯子之间的这种共同点。瞬间的觉醒不能持续，以使我们找到一个清明理性的人生。那么，这个瞬间的觉醒到底是毫无必要、徒增痛苦，还是有所启迪、聊胜于无呢？什么力量可以使我们抓住划破漆黑夜空的那道闪电，什么力量可以使我们拥有永久的理性和智性，从而永远留在好书带给我们的真、善、美的境界之中呢？

　　长久以来，我一直在困惑和怀疑。因为我们有的只是一个个瞬间的觉醒而不是彻底的觉悟，它不是普照万物的阳光而只是偶尔划破夜空的闪电。而我们需要的，却只能是前者，因为只有它，才能解决人生的问题。

# 头发随想

头发是我们与生俱来的随身证件之一。它与内脏、骨骼、皮肤等物一样，同是人体的有效组成部分。但它与其他的人体器官相比，显然又有着不同的个性，有着属于它自己的独特体征。

首先，它的新陈代谢过程绝对是可见的。不像内脏，总是藏在身体的深处暗暗地衰老，也不像皮肤，总是在人们不知不觉中悄悄地脱落皮屑。它总是很高调地显示着自己：或者，在很短时间内就长了一寸，使得漂亮的发型完全走样；或者，在不经意间就霜了鬓角，使得久别重逢的老友乍见不敢相认。就它的这个特性来说，浑身上下也许只有指甲可与之相类。但是指甲的重要性与头发相比又算得什么！指甲的位置只在于手脚的末梢，且面积甚小，如其相不雅，是很容易隐藏的。而头发则不然。除了在严冬的室外戴帽子比较自然以外，只要是在盛夏、在室内戴着一顶帽子，那好吧，你就是不摘下来，人们也一望可知：你是个秃子！

其次，它的新陈代谢过程人们必须参与。文明社会，谁也不能任由头发愿长多长就多长，愿长什么样子就什么样子。古人遗训中这一条最可笑："身体发肤，受之父母，不敢损伤。"意思是说连剪发都是一种自残行为，剪了即为不孝。所以清人入关时欲一统天下发型，甚至发出"留发不留头，留头不留发"的严令，天下真个为头发掉脑袋的人也不在少数。李白有诗云："白发三千丈，缘愁似个长。"虽然是浪漫的极言，但是想来天下人若从出生起都不打理头发，一直从胎发留到成年乃至去世时为止，那不说人生中千奇百怪的其他"愁"，单说头发，也愁死人了。见过有个什么"吉尼斯纪录"，世界上头发最长者，竟有两米多，堆在头上似乌云压顶，拖在身后如溪水奔流，真个了得！就是洗一回，也得站在凳子上，请好几个人来帮忙。不说美观与否，首先给生活带来的不便就不可尽言了。想我等众生，若留头一生，纵然不一定人人都能似吉尼斯纪录者那般壮观，留个三尺五尺想来无问题。古中国地广人稀还好说，若似今天这等街上人流摩肩接踵，熙熙攘攘，后面的人必定踩了前面人的头发，弄不好会像推倒了"多米诺骨牌"一样连片皆倒。光是由此引发的争斗和纠纷，也足以使得交通堵塞、派出所里人满为患了！可见头发这东西，"受之父母"不假，"不敢损伤"却实在不是一个适当的恭维。再说，世上三百六十行里少了"理发"这一行，弄作个三百五十九行，说起来也拗口不是？

　　最后，在人体各器官中，它是最容易伪饰的。头发白了可以染黑、染黄、染彩，头发稀疏乃至秃发可以戴假头套、植假发。人的发型和头发颜色确实对人的外在气质有着一定的影响，无怪现在随着化学工业的精进，各类美发产品争奇斗艳、层出不穷。人们总是对自己得之于遗传的体貌有所不满而希图改变，变了越不满而又图再变，总之欲试尽天下所有人种的所有体肤特征，开发出最适合自己的那一种。这种心理不是出于过度的自卑就是过度的自信，总之一个"过"字是难逃的。过，不符合中国传统的"中庸之道"，其祸不远。直接的后果就是，在试了又试

147

中，头发日稀、年龄日老、蹉跎岁月、一事无成。没见谁因为发型的变化而改变了自己的命运，倒有人因过频染发患上皮肤癌，提早过世。就说那些戴假头套的，虽然遮挡了让人发笑的秃头，感觉上不出气不透汗，却比戴帽子更加难受。笔者单位就有一秃士，先变帽子为假发，后又变假发为帽子。可见头发一事，顺其自然才是最好的选择。

　　笔者小时候，有一头非常浓密的褐发，马尾、羊角辫全不适宜，只好紧紧地编成两个又粗又长的麻花辫子垂在背后，跑起来"啪啪"地敲得背上隐隐作痛。那时候洗发没有专用的洗发水、护发素什么的，用的是阳泉市出的一种"春泉牌"洗衣膏。大抵青春无敌，洗衣膏洗出的头发，却如绸缎般柔顺光亮。夏天的时候，洗完了头发，就搬个小凳坐在阳光下，然后把所有的头发往前面梳，让它瀑布一般垂挂下来，就这样在毒烈的日头下曝晒，一个中午的时间，晒到头晕脑瓜疼，才能干得了。要是冬天，就只能在晚上洗头，第二天早晨醒来，头发尚半湿。等走到学校去，辫子往往冻成了硬棍。随着岁月流逝，洗发用品由"春泉"变成了"飘柔""潘婷""索芙特"，发型也由长发变成了短发，头发却渐渐稀薄了。想起电视里的美发水广告，动辄就找倾国倾城的美女来拍，那瀑布般柔顺光泽的长发，其实是青春的功劳，又与洗发水何干？他的产品，古稀老人用了能洗得出那样的效果，那才算优秀，才算本事。嘿嘿。

　　一派荒唐言，几行无聊字。今天晚上洗头的时候忽然心有所感，遂录而成文。聊博一哂。

# 喝酒

"清明时节雨纷纷，路上行人欲断魂。借问酒家何处有，牧童遥指杏花村。"唐代诗人杜牧的这首《清明》，相信很多中国人耳熟能详。乍暖还寒的清明时节，途中偏遇淅淅春雨，天晦地暗，行人渴望借酒来驱赶萧瑟心情、寒湿之气的那种急迫，简直是呼之欲出了。

酒，是一种貌似清纯，实则内蕴多到难以言表的特殊物质。举凡世间万物，论其对人类精神文化活动的影响来说，简直罕有其匹。可惜的是，现在虽有体系庞大的"酒文化"，论起"酒祖宗"，却是众说纷纭，难有权威的定论。有人考证说是杜康，"何以解忧，唯有杜康"嘛。竟是直接把杜康的名字作了酒的别名。但是又有人考证说是比杜康更为久远的仪狄。杜康是周朝人，仪狄是夏朝人，年代相距甚远，看来仍然是一段公案。但是不管发明者是谁，自酒这个东西问世始，人们的生活就因之发生了一系列的变化，这却是毫无疑问的。

从古到今，人们对酒的感情是复杂的。历史上很多朝代有过禁酒令，喝酒之风却始终呈愈演愈烈之势，这或可作为这种复杂心态的佐证。有

149

道是："酒以成礼，过则丧德。"真是没酒不行，喝过了量也不行。这一说倒正合中国传统的"中庸之道"了。但是酒这东西却又偏是跟"中庸"二字满拧的。"平生不止酒，止酒情无喜""将进酒，杯莫停"。若是爱酒的人喝到了那个预想的量，杯在口而能停得下来的话，酒，还能是酒吗？！

有的人好酒，却苦于没量，一喝就醉。有的人则是酒德不好，借酒撒疯。爱喝酒的人遇到这两种人，都是避之唯恐不及的。喝酒有两条重要，一是酒量，二是酒德，二者兼备方可称得酒中君子。

纵观人的一生，实在与酒有着不解之缘。出生要喝酒，满月要喝酒，考上大学要喝酒，参加工作要喝酒，结婚要喝酒，生子又得喝酒。喝来喝去，好不容易死了，本以为该万事皆空了，没想到丧事上仍得有酒！真乃"生须带来，死亦带去"呀。酒与一个人的一生，关系真是太大了！

至于说到酒之于人们社会活动的影响，那更是无法估量了。大到国事活动，小到亲朋雅聚，有道是"无酒不成席"，哪样能离得了酒呢。经济活动，也与酒密切相关。多少合同在飞觞醉月之后搞定，多少生意在酒酣耳热之际成交。喝酒喝得"满意"，能让人忽略很多没喝酒时的"不满意"。所以酒从来都在经济活动中大行其道。要说到文学，那更不得了。翻开一部中国文学史，那一个个灿然有光的名字，几乎都滴答着陈年的酒汁。那些流传千载的名篇美文，几乎都散发着浓郁的酒香。文人，大都是"酒仙""酒圣"，至不济也得是个"酒徒"。文人与酒，更像是比目鱼的两个眼睛，须臾不愿分开。他们高兴了要喝酒："白日放歌须纵酒，青春作伴好还乡。"郁闷了也要喝酒："抽刀断水水更流，举杯消愁愁更愁"，送别感伤，更是非有酒不可。至于为什么要这样子拼命地喝酒，也有解释："人生有酒须当醉，一滴何曾到九泉"——死了，就喝不到酒了呀！哈哈。

陆游有两句诗深含哲理，意味深长："醉觉乾坤大，闲知日月长。"现在稍加改动，作了很多酒楼门口的对联："醉里乾坤大，壶中日月长"。这里对"醉"是充分肯定的。不醉，无由上升到一个全新的境界去俯瞰乾坤之大，也就无由写出流芳千古的诗篇。适量的酒精确实有助于思维，使饮者的思想如跨白鹤，如御清风，所见既高，所去亦远，自然高韵深情，胜过俗章。中国文人的理想世界里，不管有多少东西，肯于公开承认的只有两样，那就是："腹中书万卷，身外酒千杯"。就酒在中国文学史上的作用而言，说它是伟大作品的"催化剂""孵化器"，实在算得是名至实归了。

喝酒要有佳友。"酒逢知己千杯少，话不投机半句多"嘛。恶友一人在座，足令满桌不欢。

喝酒要有时间。"忽与一觞酒，日夕相持欢。"情调、气氛都需要时间来酝酿和发酵。要是人未入座，已然惦记下午有会议，又怎么能"尽"欢而散呢？

喝酒要有节制。一生不曾醉酒，殊失喝酒的意趣。然而烂醉的勾当，实在是有损身体，只能偶一为之。古时候那等醉生梦死，滥饮无度，扬言"死便埋我"的名士，实在夸张得有点令人生厌。《菜根谭》说到喝酒的最佳境界，叫作"花赏半开，酒饮微醺"，这才是深知酒味者言。归根结底，喝酒是为了找快乐，不是为了找痛苦，更不是为了找死。

我与酒结缘，算来也十好几年了。现在虽然很少像少年时那样豪饮，但从感情上来说，不仅丝毫都没有对它厌倦，反而随着时日的推移，越来越觉出它的神奇。说到现在喝酒场次和酒量的减少，我认为深层的倒不是身体方面的原因，而是因为随着年龄的增长，阅历的加深，越来越有了一种从容的气度和心态，更愿意细品慢嚼它在我心灵深处唤起的种种情绪。我一直认为，酒，是一种非常人性化的、无可替代的伟大物质。

如果没有它，中国历史也许会因缺少了很多重大事件而改写。如果没有它，浩如烟海的中国文化艺术宝库也会倾坍，许多伟大的名字将不在。这个缺失，任是女娲的妙手神力也是难以弥补的！

所以我为酒唱了这么一支不算优美的短歌，聊表尊敬和感激之情。与酒结缘，不枉此生！

## 第五辑　灯火阑珊处

在暗黑里，所有的人都是一个发光体。他们只是需要一双注视的眼睛。

# 行不得也，哥哥！

鹧鸪的鸣叫，扰乱了我的心绪。

"行不得也，哥哥！"

不。我这太行山中，并没有鹧鸪。它是南方的鸟儿。小的时候，曾见历朝诗词大家的作品中，偶有提及它的名字，大率抒情寄怀，感念故土。最记得的，是辛弃疾的"江晚正愁予，山深闻鹧鸪"。

及长，了解到更多有关鹧鸪的资料，方知它是一种样子很像雌野鸡的丑鸟，在鸟类中，并非色彩美丽、身材匀称之辈。使它从众鸟之中脱颖而出、并落到文人的雪笺上作了一个词牌的，恐怕还是那声哀怨凄切的鸣叫："行不得也，哥哥！"

世传孔子女婿公冶长能解百禽语。为鹧鸪传音释义的，莫非是他吗？果然读万卷书不如行万里路，不至南方之山，不逢晨昏雨后，无缘听得鹧鸪这一啼，毕竟是个千古之憾。

而这"行不得"三字，究竟又是个什么意思呢？是"不能这么做"，还是"不许走"呢？无论哪一义，配上后面"哥哥"这个称呼，就生出无数情味来了。

哥哥，你不能这么做……哥哥，你不要走……

是谁在这样令人心碎地反复吟唱着呢？

小的时候，故乡的村街上出没过一个疯女。那时我七八岁，她已有成人的身量了。我不知道她的准确年龄，仅听人们说过，她是因为被恋人抛弃，受了刺激才疯的。

疯女长得眉清目秀，身材窈窕，只是眉宇间有一股恶狠狠的愚顽之气，一望而知是个疯子。我们这帮无知的小孩，很喜欢跟她逗着玩，觉得惹得她发怒，来追打我们，是件很好玩的事。黄昏的街巷里，顽童和疯女的追逐，是经常上演的一个游戏。

农村的街巷窄，杂物多，地形复杂，便于我们和她周旋。疯女很难逮到我们。她的心智混乱，时常中途转向，而我们呢，人多，很适于开展游击战术。她追甲，乙就在她身后大叫；她转而追乙，丙又从远处投来石子……现在回想起来，真是作孽。对于那样一个智障的残疾人，我们这帮小屁孩，流露的是人性恶的一面。

疯女偶有发呆的时候，可以让人看出她的侧脸很妩媚：鼻梁秀挺，下巴尖尖，睫毛垂下的时候，有一个扇形的阴影。但是她静的时候相对不多，她一发怒，五官就扭曲得可怕，嘴里发出粗哑的"嗬嗬"声。她的衣着烂脏，只能勉强蔽体。一截红布裤带显眼地拖落下来，随着她敏捷的跑动甩来甩去，随时可告诉人们她悲惨的处境。

小孩子诸事不留心，我到最后也不知道疯女是不是本村人，她的家长是谁，她又是靠什么维持最低限的生存。就像在深山里鸣叫的鹧鸪，但听到它的声音，却不知道它吃什么、住哪里。零星的回忆中，那些阻止我们追打疯女的村人，似乎都不是她的家长。因为那种态度只是出于道义，根本无关感情。

我很小就离开村子到父母身边读书去了。那个年头疯子好像特别多。

我在城里天天路过的那条小街上，竟然常年聚有一女二男三个疯子。

城里的疯子温文。一般情况下，他们总是各据一片屋檐，旁若无人地、哲人般地庄严沉思。偶尔，他们一时兴起，也会发生男女声对唱，像街头音乐会一般，引来大批兴致盎然的观众。时有掌声。因为他们居然……唱得非常好。他们都有绅士淑女的风度和气量，从不跟我们孩子追打。但是看到这疯子"三巨头"，我总会想起高山之巅的小村子里那个充满了野性和活力的疯女。虽然面对着三个安静的疯子，我的心里，却只为疯女悲哀。我觉得，就是在疯子一族中，她也是最可怜的。

成年后有机会邂逅到小时候村里的玩伴，我问起疯女的下落。

死了。疯女早就死了。她不知被村里什么坏人糟蹋了，竟然怀了孕。在一个寒冷的冬夜，她就那么孤零零地、无声无息地穿着一件露肉的单衫，在村外的一个草垛里，死于难产了。

始终不知道，她的父母是谁，她的兄长是谁，她是不是有着与她一样美丽的妹妹。更不知道，她少女时代爱上的男孩是谁，她为什么失恋，而那个男孩哪去了，是不是知道她后来的情况。

美丽的疯女，就像从云层里掉落到大地上的一个雨滴，坠落的过程中也曾辉映过日光的美丽，可惜就是那么一瞬，她落到土地上，马上就被贪婪的干土吸吮，无影无踪了。

空山不见人。只有鹧鸪的声音在雨后，一声声凄凉地叫着："行不得也，哥哥！"

# 两个老师

七岁的时候，我跟着姥娘住在山上。姥娘给我用碎布头拼了个书包，我就背着书包上学了。

现在回想起来，我只记得那时我有两个老师。

一个老师是女的。她那时怀着孩子，快要生了。

她的脸上好多奇奇怪怪的斑，看上去很丑。她的肚子很大，走起来摇摇摆摆，手里还老端着一个老大的搪瓷缸子，不住地喝水，让人很为她担心。

她不打不骂我们，我们不怕她。但她常常显得心烦，有时一个人坐着，谁也没惹她，她无缘无故地就哭了。这时，我们很心疼她，但是你看我我看你，谁也不知能帮到她什么。

上课的时候，她把搪瓷缸子放在教桌上，用一根剥去了皮的树枝指着黑板教我们念生字。因为她心烦，有时就念错了。比如"汽，汽，汽车的车"。教室里三十多个孩子没有一点怀疑，也跟着激情洋溢地念："汽，汽，汽车的车！"

但是要是上音乐课，女老师就很快乐了。她有一条好听的嗓子，会唱很多歌。她每堂音乐课都教我们一首歌。唱歌的时候，她脸上一直带着微笑并发出一种光来，使她一下就显得很生动，甚至很好看了。

另一个老师是男的。他还很年轻，混在小同学堆里，只像个大同学。他好像总有心事，爱一个人默默地眺望远方。我所在的皋落村在山顶上，八百里太行犹如伏贴的猫，缠缠绵绵的总在人的脚下。后来到城里念书，读到毛泽东的诗"五岭逶迤腾细浪"，我才想起来：就是它了！真是说得再好没有了。

男老师有一次把我叫到一边去，问了个问题。他说，你到城里去，一定是见过楼房了吧？我说是的。那你一家子，在楼里住着吗？我想了想：家，是住在一个四合院里，但是爹是在院子前头的一个大楼里办公。于是摇摇头：俺家不住楼，光俺爹一个人住楼。

老师的目光又遥遥地向山外望去，这回，眼里迷迷蒙蒙的，好像望得更远了。

他蹲下来，招呼着我蹲在他对面，并递给我一个尖尖的小石片说：来，你给我画画楼的模样。

我拿着小石片，左比右比，不知该怎么画那个住着很多很多人的楼。

老师温和地鼓励我：楼是个什么样子，你就画个什么样子，画个大概，老师能看懂就行了。

我想了半天，觉得实在是让老师等得太久了，不画不行了，就在砂地上，用那个石片工工整整地画了一个四方的框子。

老师等了一会儿，见我没有再画下去的意思，就问，这就是楼吗？

我小心地点了点头，泪水快要流下来了。

可是，这只是一层啊！楼房，不是有很多层的吗？

可，可那很多层，都在这层上面啊！

老师听出我声音里有哭音了。他摸摸我的头说，去吧，老师懂了。

很多年过去了。

我已经记不起这两个老师的姓了，但是女老师的歌声和男老师的城市梦却一直沉到我的意识深处去了。忘不了那个总是盛满了水的大搪瓷缸子、忘不了那根从没有落到过我们身上的教鞭。忘不了女老师快乐的歌声，也忘不了男老师眺望山外的忧郁的眼睛和我画在沙石地上的那个四方框子。

祝愿女老师生了健康聪明的宝宝，祝愿男老师走下高山，走进了楼房。

每个人的人生都有梦。老师也一样。

# 树的品质

初识振忠先生，缘于少年时。

我曾在一篇文章里详述过四十年前的上城街。现在想来，文章里漏掉了一个重要的所在，那就是位于上城街中心地带的"风光照像馆"。

那个年头，照相尚是件奢侈的事情，照相馆对于小孩子来说，无疑是个极具吸引力的所在；而我们小鱼儿一样在那个不大的空间里游来游去，现在想来也真是麻烦，好在里面的师傅是很和气的，即使正在工作，他也从不粗鲁地驱赶我们。这个师傅就是张振忠。

那时他很年轻，戴眼镜，留分头，不论接待什么样的顾客都很有礼貌。与街上行色匆匆的人们，不知哪里总透着些不同。现在回想起来，就是由长期艺术性的工作实践涵养而成的一种儒雅、文艺的气质吧，或者也与本人天赋有关。

那时的照相馆，多为人像业务。照相馆的橱窗里摆放着他的代表作品：儿童、老者、黑白人物照，人物都质朴而光彩照人；有些人物特写人工敷了色，惊人的美丽，于是乎照片上的人物一夜之间就成了小城的明星。作为这些照片的作者，张振忠当年也是小城备受关注的人物。

改革开放，给爱好摄影的人们印象最深的，就是器材和技术的革命——先是时兴了彩色胶卷，后来一切笨重的摄影设备都被数码浪潮席卷，偶然想起："风光照相馆"悄然消失，那个斯文的张师傅到哪里去了？县城这么小，熟人们抬头不见低头见，还真是很多年都没有看到过他的影子了。

再次见到他的时候，我已人到中年。记得是在21世纪初县文化界的一次聚会上。其时他刚从北京回来不久，意气风发。跟记忆中相比，他的相貌变化不大，不同的是他变得健谈，而且言辞间尽说着一个字："树"，这才知道，敢情这么多年不见，他是全国各地跑着拍树去了。十八年，自费三百多万，跑遍神州三十省，凡古籍今典上有记载的名树，他依次拍了个遍，目前"中华古树奇木"大型摄影展正在筹备之中。

一时惊呆。天！这得有多大的魄力，又得付出多少辛苦啊！以一人之力去做应该由政府部门担纲的事情，风餐露宿无怨无悔，我不知道这样的情怀缘何而来，但是确实，我在看了照片上这些堪称尘外神仙的名木之后，相当震惊。古人云"士别三日，当刮目相看"，确实有理。想当年那些人物特写，只能说是独具"匠"心。而眼前的作品，分明已经上升到"艺术"和"担当"的层面了。

日前又接振忠先生电话。言他拍了昔阳名木系列，邀我前去看片。

说实在的，尽管生于斯长于斯，没良心的我，竟是在人至中年的时候，才深深地爱上了脚下这片土地。它的历史如此古老，它的人民如此勤劳，它的风情如此古朴，它的风采如此耀人眼目！

那么它的树呢？我抱歉有点忽略它，也好奇地想要马上看看它们都是谁。前两年因为制作本地旅游画册的事，我真的跑遍了昔阳的山与水。注意：是山与水。我仿佛真的没有向山野间那些思想者一般默然而立的树木投去注意的几瞥。今天何其幸运，我在振忠先生的工作室里，补上了这重要的一课。

每一张照片，都打开了一个无声的世界，每一株树，都配得上"伟大"二字，它们端严朴素，体积和年轮都大大超乎凡俗的想象。我聚精会神地看了许久。

太行山，存世六万五千年；昔阳，建邑几千年，这些树，随山而生者，绝无烟火之气，更有云霞姿容；傍村而存者，却有着更为亲切的姿态，仿佛一直在为乡亲口念佛号祈福的高僧。岁月洗礼它们太久了，以至于这些卓尔不群的树影无一相似，无一雷同。

有话说"十年树木，百年树人"，这不过是人的自大。与树相比，人的生命是多么渺小，多么短暂。黄栌在北方地区常见，其实是种观赏性的灌木，著名的北京香山红叶，其主要树种就是黄栌木，素有"夏赏紫烟，秋观红叶"的造景功能。但是有谁见过万年树龄的黄栌吗？昔阳闫家沟东山嘴这株万年黄栌树高四米，胸径一米，可称古今黄栌之王，也堪为我县古树之首。

北郝峪村东、村西三棵古松皆高二三十米，树冠五六百平方米，枝条有如千手观音，四方辐射，气象万千，每逢风来，势如山呼海啸。三棵古松树龄分别为三百年、八百年、一千两百年，它们左右分立，遥相呼应，如祖孙三代，共同悉心守护着风景宜人的山村。

留庄有古桑，桑树的根是清朝的。乾坤在阴晴交替中变幻，江山在杀伐攻略中更迭，桑枝却继续茂盛。

蒙山峪有五角枫，它俯瞰的赵壁川曾经炮火纷飞，上演过八路军386旅在此浴血奋战，歼灭三百余名日寇的故事。不免使人生发出联想：这五角的形状既是暗合战旗上的五星，那这鲜艳的红色，是不是战士的铁血染成？

对于树，我们这个农耕民族有着天然的情感。人们走到哪里，就把树种到哪里，遂有"无树不成村"的说法。而更多的树，则自由自在地

162

生长在山野间。一棵树比天空矮不了多少。在古代传说中，人是可以缘着树木爬上天空与神对语的。树与人的灵性息息相关。我们孜孜以求的很多东西，比如，高贵、平实、长寿，都可以在树上找到，所以人们把它们栽在房前屋后，不只是为了吃它的果实，享受它的清凉，听它的声音，更多的是给自己一种精神的暗示，榜样的力量，使自己拥有一种树的品质。

奇人奇摄奇树，确实值得注目。同时，感觉振忠先生以一己之力为昔阳的历史、文化作了某一支流的重要疏理，可谓前无古人、善莫大焉。树虽无言，想必也深具感激之情。感慨之余，草成以上文字。能为这些参天古木聊添星芒，吾之愿也。

# 男人的另一面

　　2009年国庆节，我迎来了孩子远赴南方求学后的第一个长假。围绕着孩子连绵六年之久的"家庭重点保障工程"一结束，心里的轻松是不言而喻的。这个假期的计划一度多到两位数：旅游？购物？读书？回乡？……一时没有定下来，甚至这种举棋不定，也是一种难得的享受呢！

　　没想到放假前夕，孩子的消息联翩而至：一、宿舍里有蟑螂出没，昨天不小心踩死一个！天啊，恶心死人了……二、军训晒得很黑，而且骑自行车摔了一跤，新买的裤子也磕破了……三、超市里买的被子一点不好盖，轻飘飘的，是冷是热分不清……四、妈妈，心情很不好……同宿舍的其他三个同学假期内都要回家，那会就可能只剩俺一个人了……呜呜呜呜——

　　随着这些消息的陆续到来，先生的情绪越来越烦躁不安。9月28号晚上，接了第四条消息，他搓着手如热锅上的蚂蚁般在地下团团转了几圈，猛不丁问我："要不，咱再去福州看孩子吧？"

　　我吃了一惊："说什么呢你。咱从福州送孩子开学回来，还不到一个月啊！又去？那是福州，你当是太原啊！"

"可也是……你说一个宿舍里，光剩她一个人，哭了怎么办？何况铺盖也没弄好……不行不行，无论如何咱得再去一回……"

我把电脑键盘敲得连珠炮般串响，只是不做声。

他看这阵势知道不同意，倒沙发里沉默了半天，竟然吸开鼻子了。晕！结婚到现在快二十年了，这还是第一次！我还是不做声，但是内心有点震惊。

从头再一想：他想去，她想让去（虽然没有明说），三票有其二了！箭在弦上，要不去吧？何苦一个人得罪两个人……

可恨的是先生的态度。孩子在家的时候，一切事情都是我替她张罗，他可从来没管过什么，连家长会都没去开过一次。孩子如愿考走了，他倒这样的做作。难道是我不想孩子吗？那家伙小名"猫"，生性慵懒也如那种爱娇的小动物，此刻离家几千里，其实当妈的心，早被这些短信割得流血了！也好，去就去！算自驾游好了！

于是风风火火地行动起来，一套里外三新的铺盖阳光晒过，外加毛毯（听人家说那个地方冬天很冷）；孩子喜欢的吃食和本地产的月饼也拿了不少；衣服是一气买了三套（那边很难买着小胖子穿的衣服），还有，"防晒霜"买了几种，"灭蟑灵"拿了两瓶，连同树上现摘的脆枣、苹果，孩子书桌上的摆件、玩器……林林总总的满满一后备厢盛不了，后排座又堆了些。想想自驾有道理：这么多东西拿去，宿舍里现用的相应的东西还得拿回来，不开车真的不方便。福州只有个长乐国际机场，离市区五十千米，离大学城更不知多少公里，来回这么多东西，倒车也是个难事情！

两天之内装好车，10月1日早晨5点，就悄悄上路了。

事前已经看了，往福州走有两条路线，行程差不多，都是两千千米，那就取道山东、江苏、浙江，一路向南而去。

因为担心我的眼睛不好，一路上先生尽量多开。我在车上一会睡觉、一会吃东西，间或跟他说说话，免得他瞌睡。

先生向来是贪睡的人，可是这次出长途却绝不犯困，不得不叹精神力量的伟大。全程两千千米，我只在青银高速路段开了两三百千米。可就这区区两个小时他也不肯歇着，不知是担心我的眼神，还是一心想要早点见到孩子的亢奋，他一反常态地碎嘴磨叨。向晚，找个服务区胡乱合了一会眼，巴到天明继续上路走。给我的感觉，好像车就一直没有停。我不开车都累得不行了，可是先生手把方向、嘴吹口哨、脚尖还点着拍子，其状态只能用孩子式的"兴高采烈"来形容。他让我越来越觉得惊奇——男人的另一面，若无特定事件的折射，恐怕是永远也不能知道的！

10月2日中午，车到福州大学城，早有乖乖猫在校门口迎接我们了。细看孩子，一月未见，瘦了、黑了，小下巴颏上，还有碰破的一个伤口，结痂未落。一问，是骑自行车摔的！这家伙从小就在我怀里搂着，除了念书什么都不知道，十足一只懒猫。但是说走就走，忽里巴啦一下子，一只肉滚滚的猫，就扔到够也够不着的大南方了！我替孩子包办一切、遮挡一切的日子，已经是永远地结束了。离开了我的翼护，小猫得学着自己生活了。跌跤受疼，都是没有法子的事情！

拥着孩子的小身体，泪水不觉流了一脸。先生在一边，眼圈也红了，但是他这人天生内向，成天在家见孩子给我发短信打电话，不怎么理会他，他就嫉妒、发急，人家走了想得什么似的，这次来还跟我磨叨了一路，偏这会儿见了孩子，就没话说了！真是晕死！倒是孩子刚强，泪花在眼里转了转，又忍回去了，拉着爸妈的手问东问西的，几句话把气氛调整好了。于是就在福大校门旁合影。上回来的时候，因为报到匆忙，学校门口也很乱，竟是没有顾着，今儿又来，终于补上了这一章。

孩子的宿舍四人一屋。阳台上有卫生间和洗衣池，高架床下，刚好是个带书桌的组合衣柜，条件还算不错。时值假期，宿舍里另外三个同学都回家度假去了，小屋里一片安静。先生自告奋勇，爬到高床上为孩子换被褥，铺床单，忙得满头大汗。忙完了，顾不着喝口茶水，又爬高伏低的旮旯缝隙喷洒灭蟑灵。最后，他竟然跑到阳台上，把孩子穿过的几件衣服都洗了，还把衣服举到眼前对着天光查看白衣服上有没有"漏网"的污渍——天晓得，他在家里，是连袜子都没有洗过的人啊！

10月3日，正逢中秋，带着孩子到处吃点好的，福州这个地方，不知道收入水平怎样，消费水平却很可观，主要是衣、食贵出一大截去。先生一向是个生活马虎的人，从不为吃穿用度操心，我安排什么，他随缘什么，从来没有异议。这次来福州，却换了个人一样，对于给孩子购物，样样关心，件件过问，主动出击，踊跃发言。虽然似懂非懂，常常让我们俩觉得失笑，其热心却是空前的。几天时间一晃而过，鼓鼓的钱袋就像雪狮子向火，不知不觉间化成个瘪壳了，我不得不提醒他："老公，花钱得多少节制啊，我们带的现金，已经没有多少了！"

"哦！下回来了，记着多拿点。"

晕，这副暴发户的派头，也是我没有想过的！

今年中秋月，全家福州看。命运，总是有很多的想不到。福大背靠旗山，面对闽江，原是一块风水宝地。晚上一家人沿着闽江闲步，看江月变幻，聊过去将来，我特意落后一点，看着他们拉着手的背影，听着他们父女俩嬉笑，忽然为先生的坚持而庆幸；人生几何，这样美好的时刻又能有几回啊！总是应该争取的！

这些时间里，就让老公单独的陪着孩子吧！有我在场，孩子总是腻在我的身上，须臾不愿离开。我不在，也许他就有机会跟孩子多说一会话……

## 背靠高山，面朝大海

今天是清明节。好大的风！沿着山路一直往东走，路边还有白皑皑的积雪，不过雪下的小草已经悄悄地返青。脚下的土地也恢复了弹性，准备着承接又一次播种。

父亲的坟在蔡岭山顶。此时此刻，也沐浴在强劲的山风中。坟后有两株青翠的快柏，像两个穿绿衣裳的孩子，悄悄地蹲在坟后，替我们兄妹四人陪伴着孤独的父亲。

父亲去世，已经五年多了。他走得突然，什么话也没给我们留下，让我整整哭了一年。父亲是那种性格非常鲜明的人，我们家四个孩子中，明显他是最疼爱我的。他在世时，我没问过他原因。估计就是问了，他也不一定能说得上来。那我自己就这样猜了：也许，我的容貌最像母亲？也许，我的性格最像父亲？或者又因为，我的心脏不好，从小就爱这样那样地病？

父亲是个孤儿，从小参加革命，以一个党的基层领导者的身份参加过历次政治运动。但是不管命运对他无情还是眷顾，不管他走到何方，从我出现在他生命中的那一刻起，他就一直坚定不移地把我带在身边，从来没有让我离开过。而我的哥哥和弟妹，都是在母亲那遥远的娘家随着姥娘长大的。

父亲没学过教育学和心理学，他以一个溺爱的父亲的姿态、以一个放任的园丁的心态让我在一种无拘无束、随心所欲中任意地旁枝斜蔓、自然生长。现在想来，关键的问题是：不一定是他不懂得管教和修剪，只是无论我怎样，他都认为是最好的。

父亲因病，早早地退出了社会生活。他的羽翼，就此不能为我遮挡世俗的风雨。不难想象，我吃了多少亏、失去了多少机会。最后，我不可避免地沦为一个被同学朋友评价为"混得不好"的人。多少也有过苦恼和不甘，但是这些没有从根本上影响我的心态。我私心承认我是个有着诸多缺点的人，综合来看，我的缺点也许比优点要突出得多。但是长久以来，我不但不改，而且在下意识中刻意地强化着、放大着我的缺点。我有恃无恐，并且经常暗自得意于自己的"与众不同"。面对别人的不满、敌视、流言，我是骄傲甚至于狂妄的。在青年时代一连串失意、失恋、失败、朋友背叛、夫妻反目中，我总是保持着强硬的姿态和完整的人格。即便失去很珍贵的东西，我的心痛也往往只是短短的几天甚或是一瞬。一切的一切不过因为：我有父亲。有他的爱在，我如同背靠高山、面朝大海那样富足和安心，即使全世界所有的人都不理我了，我都不会在意。

父亲先后做了十三次手术，换了四个心脏起搏器，病了三十四年。他吃过的药，够个"车载斗量"了吧。但我没想过父亲会死。他是个老冠心病患者，靠心脏起搏器维持生命。此外他还得过很多严重的病。比如前列腺炎、脑瘤、肺气肿。在他身上，无论再严重的病，都是容易看好的。我一直有这样坚定的信心。所以当2006年农历腊月十八那天，他突然病了三小时就永远地离去了的时候，一家人谁也无法接受这样的现实。彼时从天而降一场大雪，遮严了河流山川。这场雪，在我心里从此再也没有消融过。

后来平静下来以后，我这样猜想：父亲虽然不能预知自己将要在何时离去，但是以他的年龄和身体，他已经是有所准备了。他生病以前，领到手的工资袋连看都不看，随手就会交给母亲——因为他是从不管家务的。谁想他晚年却把生活过得极其精细俭朴，偶尔也过问储蓄的情况，他在悄悄地为母亲攒钱。母亲身体健康而且比父亲小十二岁，父亲早就在谋划他自己身后的事情了。

父亲去了，蔡岭山上新起的坟堆无言地告诉我什么叫"残酷"。我那个"背靠高山、面朝大海"的世界，也随着父亲的离去而分崩离析。我想，是轮到我自己成为高山和大海的时候了！让我离去了的父亲不用担心、不用牵挂，让我辛劳一生的母亲可以依靠、可以指望。父亲给了我天高地厚的爱，我能回报的，现在也只能是这些了！

自父亲去后，我的脾气也改了好多。我感觉到了自己的成长。每年清明来到父亲墓前的我，自觉都不是同一个人了。这种改变，未知父亲欣慰否？人啊，这一代又一代，不都是这样走过来的吗？——虽然我的步伐比别人的可能要慢些，我走过的路有些弯曲，但是不要紧，只要我一直在走。只要我在别人都已经停步了的时候，还在走。

父亲，您就高卧蔡岭、守望乡关，在这祖宗遗下的风水宝地上，静静地安眠吧！

## 幸福的老冰棍

在某本书里看到过这样的情节：一个小农奴，在偶然的机会得到了一块糖，糖的甜味把他惊呆了。他把这块糖珍藏起来，隔上几天，实在谗了，才取出来，小心地舔一下……他并不知道这叫什么。他给这块糖起了一个藏语名字，译成汉文就是："幸福"。

这本书无疑是有个书名的，书中也还有更复杂的故事。但是这些统统被岁月的浪花洗劫一空，只剩下这个小小的细节，像闪亮的核一样，稳稳地沉淀到我记忆的河床上去了。偶一回眸，它总在那里，清晰一如我初见时的模样。

"幸福"是什么？现在我想它是个最具不确定性内容的词。大而言之，它是一种心态，一种满足感；小而言之，它就是各人在人生不同阶段中的自定义了。我之所以永久收藏小农奴的这个"幸福"，完全是因为当初读这则故事的时候，我正好在追求与这块糖极为相类的一个"幸福"——一支老冰棍。

我童年的时候，整个县城，不过就是南北走向、长度不足三百米的一条大街。中间最繁华的地段，是小城的政治、经济、文化中心。除了大小政府机关、一所学校之外，还有四个商店，分别是百货店、日杂店、书店，还有一个"人民食堂"。这些机构中，学校我们是每天必去的，政府机关是从来不进的，商店和人民食堂则是偶一浏览，因为几乎所有的小孩都囊中羞涩，很难成为任何店里的顾客。那些花花绿绿好吃好玩的东西，那些大书小书厚书薄书，都跟我们没有丁点儿关系——无望，也就无求。跟后来读到鲁迅有关焦大不想林妹妹的论断，近乎同义。

但是你要是在夏天的时候，看到我们课余时间一群群地徘徊在商店门口，你也不用觉得奇怪。因为那里有一只冰棍箱子，在牢牢地吸引着我们的兴趣。

卖冰棍的女人名字叫发嫂。读音与简谱里"4、5"的音节相同，所以时至今日还清楚地记得。她没有铺面。商店门口有两溜石头台阶，就是她的自由卖场。天热的时候，她惯于躲着阳婆走：上午在东面的人民食堂门口，下午在西面的书店门口。发嫂又黑又胖，看着体积蛮大的，给人的感觉却并不健康。因为她坐在那里不动，也会一直"呼哧呼哧"地喘粗气，似乎累得要命。当然那时年幼的我们，全不在意发嫂的喘气频率。我们注意的焦点，是她面前摆着的冰棍箱子。

冰棍箱子不大，约尺半见方，通体白色。它的正面有红字，上面是一行小字，排作扇形："昔阳县食品公司冷饮厂"，箱体的正中间，是两个粗体大字："冰棍"。白色的油漆已经斑驳，红字却红得耀眼，老像是新描过的。箱子顶端有个圆形的盖，盖子很厚，三层构成：薄木板下是棉絮，棉絮外头再包上白布。

发嫂一个人卖冰棍，不免有内急、跑去方便的情形，冰棍箱子就会一时间没了主人，孤零零无助地独自蹲在石台阶上。这种情形给我遇了两回，我就乘机把箱子内部的细节秘密侦察过两回：关于盖子下面厚厚的棉絮和白布，是我亲自摸过的。而方形的箱里，有如楚河汉界般分作两边：一边码着三分钱的白冰棍，一边码着五分钱的牛奶冰棍。

三五分钱，刚好在我们这些小穷光蛋偶尔消费的范围之内，所以会让我们趋之若鹜。冰棍箱盖一揭开，就有一股甜香的气息从里面直冲而出，强烈得令人晕眩。本着节约的原则，我们一般只买三分钱的白冰棍。白冰棍是方形的，牛奶冰棍是圆形的，发嫂没出过差错。一支冰棍在手，我们相随举着它到那条三百米长的大街上去转，一边无目的漫游，一边小口舔着冰棍表面不断溶化的甜水，尽量延长吃冰棍这个美好的过程。有人吃完一支，兜里还有余钱，也许经不起诱惑，思量再三，咬牙跑去再买一支，这，是极大的奢侈了，大家只有流着嫉妒的涎水眼巴巴地看的份。

我父亲那时在县里担任主要领导干部，月工资有九十二元，按说家庭生活应该算宽裕，但是可恼的是，他会把工资全部交到我母亲手上，而我的母亲是个过日子特别把细的人，不肯有一分一厘余外的花销。在她看来，孩子能吃饱、穿暖就很够了，冰棍之类属生活非必需品，正好是可以节约的项目，所以她咬定牙关，凭我软硬兼施，就不给我一分钱零花。

偏我从小是个嘴馋的人，又虚荣爱面，母亲这种做法，无疑把她自己推到了我的对立面。我在家里从来不帮家务，实行和平抵抗。星期天，假如她说要我帮忙洗碗，我就会大声说："没时间！"她要再追问不是放假了吗，干吗没时间，我就会用更大的声音回答："我要去捡破烂！卖钱买冰棍！"——简直掷地有声！

不过我不撒谎，我真的是捡破烂去了。我去到城郊两个工厂，趁门房不备之机冒险溜进，拾些废铁丝、边角料什么的，偷偷拿到日杂店卖钱。所谓的"门房不备"，一般是在午休时间，这个时间阳婆正毒，晒得我满头冒汗、鼻梁上起细皮。但是有什么法子呢？同学们时不时地有人买冰棍，我不能一直总是没钱买，太没面子了。而且我也真的抵御不了冰棍那种特殊的甜味。一段时间之内，捡破烂的收入是我冰棍消费的主要资金来源。

有一回我上厕所，在我家厕所的地面上意外地发现了一枚亮晶晶的硬币——天哪，这不是五分钱吗？！我的心立马"怦、怦"地激跳起来，似乎什么都没想，我迅速捡起这笔外财，匆匆往外走。我已经太久没吃过五分钱的牛奶冰棍了，虽然我牢牢地记得它的滋味。今天我得开一回荤，反正这个钱是捡来的！

但是刚走到院门口，一只脚还在门里，我就被屋里依稀的声音惊呆了！哥哥在屋里，正问这个问那个，见他的五分钱了没有！

哥哥比我大两岁，从小在乡下跟着姥娘长大，所谓的隔代亲，姥娘对他很是娇惯。偶尔回县城里来，他总是兜里装着一些钱的，有时甚至有几毛之多！他在我面前装财主，甚至偷偷地带我下过馆子——我们俩大模大样地坐在人民食堂，吃了一份三毛钱的过油肉！那滋味啊……啧啧。

那，这个五分钱是他掉的？他现在已经发现了，而且在追查，怎么办？

一脚门外一脚门里地在大门口那里僵了一会，吃的欲望最终占了上风。我一横心，头也不回地跑了出去。

……从发嫂的胖手里接过一支心仪已久的牛奶冰棍，在街上举着边走边吃，竟没有吃出想象中的香甜来。心里，像有一窝蚂蚁在爬：今天这个行为，实在是很不好吧！捡了钱首先应该交给老师或者家长，可是自己连想都没这么想；就算钱是在自己家里捡到的，可毕竟，当时已经知道失主是谁了啊……这这，这行为，不是几近于"偷"了吗？再说，家里来回就这几个人，说不定，这会他们已经猜到，这个钱是我拿了……

冰棍吃完，街也转完，天，渐渐地黑下来了。家，是不敢回了……可是也没别的地方可去啊！随着街巷早早在夜色中沉寂下来，我夜游的半径也越来越小，最后，就只在自己家附近这一圈转了。暗处看到，家里灯火通明，门口不断有人急匆匆地进出，估计是找我的……更不敢回去了！

最终，我在自己家的炭堆里枕着一块炭，筋疲力尽地睡着了！不知道他们是怎样找到我的，在一大堆人的围绕和呼唤中醒来，一睁眼，直接看到的是头顶的天空，深蓝湛碧，缀着无数小灯似的星星，难以形容的美……

后来，我父亲为此狠狠地批评了母亲：孩子想吃个冰棍，什么大不了的，给她不就行了吗？但是母亲有着满腹的委屈和不明白：她说，吃得饱饱的了，非要吃冰棍究竟是为什么？冰棍要能顶饭吃，那我以后不做饭好了！

母亲是县中第一届老初中生，她那一代人里，是小城里少有的女性知识分子，但是她竟弄不明白这样一个简单的道理：吃冰棍，真的跟吃饭不是一样的意思。饭，只能让我一饱，冰棍，它却能让我感受到——"幸福"！

这个心情，你们，能理解了吗？

# 看电影

20世纪70年代，上城街曾有个破旧的影院，那是全县唯一的影院，也是我们这些小孩子朝思暮想、梦寐以求的天堂。

那时的电影票，一张一毛五分钱。学生的集体票，只要五分钱。集体看电影，我们的叫法是"包电影"。

作为我们小孩来说，"包电影"肯定是一件美事——买票的经费不仅低廉而且可以理直气壮地向家长索要。可惜"包电影"的机缘相当少，而且题材一般仅限于爱国主义教育的片子，离我们的期望值太远——我们虽然年纪小，却已经有人迷上王文娟版的越剧《红楼梦》了呢！

我们晚上没有晚自习，大人都忙得昏天黑地，管得也不严，时间尽有，就是钱没有！贫穷的山区县城，日子清淡如白水，有着传统持家经验的母亲们，往往把持着家政大权。她们吝啬成性，专能在"节流"上做文章，一分钱都攥得出二两水来，跟她们伸手讨要看电影的钱，无异与虎谋皮。

实在想看！那就八仙过海、各显神通，自己去找"开源"的文章作作。

极个别同学身怀家传绝技，弄钱自然就容易。

有个同学会编筐子，那长满了荆条的太行山，简直就是他的天然材料库。赶早腰里别把镰刀上山去，吃中饭时候，就能背回一大捆开着淡蓝色小花的柔韧荆条来。再豁出去一中午不睡，得，变戏法似的，他就会编出两只潮乎乎、沉甸甸、有模有样的筐子来了。

有个同学是积祖的中医世家，自小认识草药。莽莽苍苍的太行山，石缝、草丛间，有的是柴胡、黄芩、甘草……星期天，他叫上几个死党结伴上山去，晚间即带着满身药香归来。那些其貌不扬的草根和木头疙瘩，敢情都是济世活人的药材。

上城街有个农产品收购部，筐子、草药这些，都在收购范围之内。不过这些营生虽然合理合法，无奈技术含量太高，一时三刻谁能学会？。

话说还有个同学，生为男身却相貌文静、举止娴雅，如女生般美好。这样一个人物，偏也是个狂热的影迷。他的身体柔软，竟能从影院的狗洞中缩身而进，令一班男生羡慕不已。他也由此得一雅号："狗爬"。狗洞其实不小，可恶的是有一块石头的尖恰对着洞口，狗儿无所谓，人就吃不消了。曾经效法"狗爬"的男生，无不苦着脸诉苦：那个尖尖，正好对着脊梁，把人卡住！脑袋大的家伙，索性连头都钻不进！"狗爬"同学这身异禀，在全班乃至全校都是独一份的，不是谁都能效仿。

手中没钱、而新电影演得正火的时候，我们像一群闻到了肉味的小狗一样，流着可怜的哈喇子在影院门口来回游荡。折辱人格的下策有人也颇出过，不外是拿"把门"的老张打主意。

老张在那个时候就已经是个秃顶、老汉模样的人了。他长得淡眉细目，相貌本应在"面善"一类里，却因为过于认真和紧张，总是一副直眉瞪眼的威猛表情。影院那两扇铁门，平时是紧紧地关闭着的。一到晚场的入场时间，有一扇就会打开了。门里的世界顿时像一个巨大的磁场吸得门外的人们如铁屑般站不稳脚跟，直欲一冲而进！而可恶的老张则会像用钉子钉牢了一样，稳稳地站在那个充满了诱惑和吸力的门口，拿捏着"一夫当关、万夫莫开"的架势，伸出一只青筋暴突的老手，阻住人们向往的脚步。汹涌如涡旋的人群在他的威严面前绞缠争斗多时，终于不得不紧紧地缩成一条细细的小溪，乖乖地手执影票鱼贯而入。

饶是这样，没票而期待入场的巨大人群仍然充满希望地挤成小溪的厚实两岸，羡慕的目光星星般地追逐着趾高气扬、手持影票的幸运者。我的同学Z，这个时候就不失时机地开始了场外活动："叔叔，行行好，带上我吧！""大爷，行行好，带上我吧！"

影院有规定：一位观众最多可带一个小孩。抱在手里的固然没问题，可以独立行走的儿童，只要不超过一定的身高，也行。当然高与不高，行与不行，老张说了算。带进去的小孩，就坐在两个座椅的夹缝处，后背正好对着伸出一截的扶手，屁股实际上只能蹭到两边椅子的各一个角，不仅令周围两位觉得拥挤，事实上他本人也是相当难受的。但那个年头，带小孩看电影的观众不在少数——一张影票两人看，无论如何是个便宜呀！

Z同学不仅身体瘦小如猴，行动敏捷如猴，心思亦灵活如猴。他在持有效票等待进场的观众身边喋喋不休地低声游说："叔叔，大爷，带上我吧！我假装是你的孩子，我可以蹲着走，一点看不出假的。我一进去就离开，绝不跟您挤座。万一老张发现了，您假装不知道，也连累不到您。叔叔、大爷，您权当行行好，行行好，行吗？"

很多人不待他说完，就厌恶地甩开他走了。毕竟此类行为有作奸犯科的嫌疑，令那个年头老百姓人人自危的心理难以承受。再者，不是自己的孩子不说，连认都不认识，图的什么啊。而且小Z同学还长得那么不讨喜！

但是小Z同学具有百折不挠的优秀品质，屡败屡战的缠身功夫，一两张冷脸，是绝不能让他灰心的，他在一秒钟之内就会找到下一个目标，从头开始这一套念熟了的说辞："叔叔、大爷，带上我吧……行行好……"

终于感动上帝！个别人，不知出于一种什么心理：也许好玩？也许恻隐？也许冒险……？总之，会勉强答应下来。Z 同学大喜过望，马上一蹲身，缩作个一尺多高的小人儿，并且伸出小手牵着该人的衣襟，跟在他身后蹲步入场了！其蹲步运用的自然和高明，实不亚于舞台上扮演武大郎的演员！何况在人群里挤着，只见那张儿童式的小圆脸，真的看不出一点破绽！可怜的老张，即便努力地瞪着两只小眼，却也不能明察秋毫，无奈地被小 Z 同学蒙蔽了一次又一次，让我们大家既开心欣慰又嫉妒到家！

但是这样的手段虽然入场，却也只能作个黑暗影院里的游魂。在过道里站着看又舒服又宽绰，但是不可以全情投入。因为老张不时地会进来"巡视"，你要是看得入迷没有及时察觉给他逮了，那可真要"老大耳刮子打去"，着实恐怖。远远地望见门口出现了老张的剪影，Z 同学只好迅速地藏到观众席里。黑洞洞的椅缝里，老张不易发觉，但是免不了遭身后的观众"嘘"。就是遮挡一点儿视线，别人也是不愿意的。而这声"嘘"又很容易暴露目标，引来灭顶之灾。Z 只好尽量缩作一小团在观众脚下，嘴里悄悄地求告："我只在这里躲一会儿，老张一走我就出去！行行好！"

Z 同学由于长相像猴，原来的外号叫"猴哥"，后来在影院外面弄熟了这一套，知道内情的男生，就给他起了个新号："行行好"。严格说来，"猴哥"，是一种平面艺术雅号；而"行行好"，则带有行为艺术的意味，仿佛更有趣了。家乡有俗话说"外号外号叫煞人"，这句话两层意思。一层意思是象形，即一个人的外号，总是切中他的特点的，因为像此物，所以得此名。另一层意思则是关于发展趋势方面的，带有指导性和预测性，意思是说给你起一个什么号，你就能越长越像什么样子。这"猴哥"

179

被"行行好"取而代之，确实有益于 Z 同学的生长发育。成年后的同学聚会，Z 同学竟脱尽了猴形，变出个虎背熊腰的形状，着实让众人吃惊不小。那小时的猴相，除了圆圆的耳朵尚残留点点痕迹之外，可以说几乎是荡然无存了。若以动物的状貌来形容，哪里还像猴，俨然高踞动物链顶端的食肉动物形象。而且 Z 同学虽然没能高考得中或者走上仕途，却早早地投身商海，占得先机，滚雪球般发展了若干年，竟弄出老大的身家来，成日家坐着飞机鸟一般在人们头顶飞来飞去，屁股后头还带着名校毕业、如花似玉的小蜜。而且这 Z 很是念旧，一帮小学同学凡有急难之事，不得已求上门去，他总是肯于解囊的，同学伙里自然也就刮目相看，那猴般蹲走的行为艺术没人再提，不仅"猴哥"没人再叫，连同"行行好"的雅号也一并无疾而终了。现在 Z 同学的新号是"Z 总"。开始的时候有一点点别扭，吃得人家多了，喊起来也就顺溜了。但愿这个号能够贯彻始终。

　　前段时间又有同学聚会，话题不觉就拐到儿时往事上了。说起看电影，忆起电影小观众的众生相，多年后我们这些中年人仍忍俊不禁。笑过后又一声轻叹，百味在喉。当年文化生活单调，正在疯长的我们，不仅身体需要营养，心灵更如禾苗一般缺水。那现在看来品味不高的老电影，内含生命成长过程中必需的点点滴滴营养，所以我们趋之若鹜。这份心情和急迫，现在回想起来恍如隔日。回头再看曾经被我们百般痛恨的老张，哪还有儿童式的衔恨，只有些中年人的惆怅了。有知情同学报告说：老张已于半年前离世。一座沉寂良久。终于，"Z 总"两眼红红地提议：来来来，咱们共同举杯，祝老张在前往天堂的路上稳驾白鹤，一路走好吧！

　　干！

180

# 满天星

　　小时候，限于那个年代物质和技术的困窘，我只在小城唯一的照相馆留下几个不甚清晰的黑白照。见小时候的自己，圆脸尖下巴，梳朝天辫、牛角辫、麻花辫（不同的年龄阶段）各辫不等。虽然照片无彩，跟一起合影的其他人比，还是可以看出皮肤特别白。老爹活着的时候，常津津于我小时候那些细事。比如：我随母亲回老家农村去，竟有同龄的小孩看了我以后就跑回家闹腾自己的母亲，非要她也生一个"那么好看的白妮妮"。总而言之，能肯定的是，当我还是个小人儿那时，十之八九是可爱的。

　　长出雀斑的时候，我已经记事了。好像那时就是十一二岁。恼人的雀斑从鼻梁两翼开始出现，慢慢地就以一种家族繁衍的速度，占满了全脸。这些细碎如米屑的褐色小点，散布在我的白皮肤上，别提多显眼了。弄得我就连梳头都不愿意照镜子了。我后来这种不以自己的容貌为意的潜意识，可能就是从那时起产生的。我不知道这些恼人的雀斑打哪儿来，也不知道怎样才能把它赶走。它像一群恶意的褐蚂蚁，牢牢地盘踞在我的脸上，压根就拒绝试着哪怕到我身体的其他部位去安营扎寨：比如，屁股上、背上，哪怕就是胳臂上、脖子上，也不至于像长在脸上这么显眼，这么招人注意，这么让我自卑。

——除了脸，我的全身哪哪都没有雀斑，真是缺德！

雀斑与痣作为人体上的斑点，是有很大不同的。痣是有数的，通常就那么一至几个，而且它的位置是固定的。而雀斑是无数的，任何想数清它数目的企图都是徒劳。并且更要命的是，它是活动的，它像有智能的东东一样，会与季节大潮共进退：秋末冬至，阳光变淡的时候，它就像训练有素的军队，沿着鼻梁两侧徐徐地往脸颊、鬓角方面撤退，直至大部退到头发里为止。褪掉了雀斑的这张脸，一段时间之内变得好看了，依稀可见孩童时那个可爱的模样。

一到春末夏初，阳光里增加了热量，白昼也变得越来越长，这支在头发的森林里蛰伏了半年之久的雀斑大军即摩拳擦掌，卷土重来。它们呼朋唤友、拖儿携女、浩浩荡荡地越过面颊、翻越颧骨、攀上鼻梁，从而实现胜利会师，又开始了半年之久的盘踞。

这些恼人的家伙对我的干扰，不仅仅是导致我对自己的容貌失去信心，很多时候，也给我的对立面提供了打击目标。我小的时候性格顽劣，与班里同学，特别是男生，常有冲突。我们在对阵的时候，常以最刺人的语言攻击对方，这满脸不雅的褐点当然也就成了他们的话柄，也成了若干起打架事件的导火索。他们竟给我起了一个缺德的绰号——"满天星"……

大抵受水土、气候的影响，山西女子白皮肤的本来就少，偶有几个生得白的，却又都不"净"，无不饱受雀斑的荼毒。对于女性来说，雀斑，是个共同的敌人，共性的问题，只是程度轻重有别罢了。

在我的成长过程中，曾遇到过两次貌似可以全歼雀斑的战机。说来有趣。

第一次，不知从哪里来了个江湖郎中，声称他有家传秘药，包治包括雀斑在内的各种斑，药到斑除，百灵百验。一时间犹如水缸里跳进一只癞蛤蟆，古老宁静的小城给搅得风生水起，昼夜难宁。老小妇女皆蠢蠢欲动，纷纷翻出压箱底的私房（因此类行为多被男人斥之为"愚蠢"，不予资金援助），争先恐后、义无反顾地走上了围剿雀斑的第一战场。

推究他们的心态，与现在做美容手术的时髦女郎并无二致，"病"急乱投医，很正常的事情。野太医临时栖身的小旅馆前，等待"手术"的爱美女士排成了一字长队。但见那个邋邋遢遢的家伙一手持棉签，一手执药瓶，手法娴熟地在女人们期待的面孔上一蘸一点，几十甚至上百个起落后，就喊："下一位！"

没日没夜地照方施为，小城"斑女"们多得救治，皆大欢喜，江湖郎中也筋疲力尽，无力再战。摸摸腰间鼓鼓的钱包，悄然一笑，乘夜色宵遁了不提。

……后来的结果，想必谁也能猜到了：药膏初去的时候，原来的褐斑变作个红斑。满心指望着红色褪去就能变白，可惜事与愿违，残红去尽斑依然——野郎中跟大家开了一个不大不小的玩笑！

第二次，市面上流行起了"祛斑霜"。这是在公家的柜台里堂而皇之地出售的东西，何况系出名门、闻之有香，绝不是坏东西吧？于是一城斑女再鼓余勇，又抢购起了祛斑霜，弄得化妆品柜台前人头攒动，祛斑霜几回补货几回告罄。

谁知过不了几天，就陆续有人报告脸面浮肿——竟是发生了严重的皮肤反应！有的虽然不反应，也百无效果。这玩意论起价格，比一般的霜啊膏的都贵，于是大家齐呼上当，垃圾堆里很快出现了星星点点的祛斑霜瓶子。

随着岁月的流逝，我，以及我周围的人，都对我脸上的雀斑很适应了。我看惯了自己的样子，以至于视若无睹；大家也习惯了我的样子，好像觉得没有了它，我竟不能称其为我。现在再想小时候的心态，倒觉得可笑了：我既然连一架外来的眼镜都能容得在脸上，为什么容不下体内自生的这些小点点呢！岂有此理！

再往后，小城的大街上，不失时机地出现了美容店。它也因地制宜，抢眼的口号就是祛斑。常常路过，心如古井波澜不兴，它与我，压根就没有任何关系不是？但是美容院越来越多，顾客资源告急，也就有一些半生半熟的面孔找上我了："宝宝，去我那里做美容吧？别的不说，你脸上这个雀斑，总能弄干净了……"

"这话反动！这些家伙陪了我一辈子了，没点恩情也有感情。你一个字，把它'弄'了，你可说得我心疼哈！你说这满天繁星多热闹了。一下都去了，我岂不要寂寞死呢！"

"哎……"

这话半真半假，也不全然是说笑。雀斑，还真是有灵性的东西。这支曾经让我无可奈何，终于放弃了对立立场跟它相安无事了的"特种部队"，近年来确实是正在全线撤退了：先是变淡，变稀，再是慢慢消失。我也拨开头发在头皮上仔细地寻找过：它们这回，竟连这个大本营也没回，真的是蒸发了！

但是这些事情对于现在的我来说，真的是很无所谓了。它来也好，去也罢，对我的心态和生活，不会再有任何影响。即便随着它们隐退跟手就会悄悄出现的细小皱纹，又能奈我何！随着年龄和阅历的增加，我有足够能力洞察世界和人性的秘密，从而让自己在这个喧嚣的时代，能以一块化石的恒定和从容，镇定地面对一切。秋天的夜空澄碧如洗，缀满了星星点点的星斗。难道这不是最美丽的吗？

## 葡萄紫

某日，我去一家理发店做头发护理。

日常接待我的店员名叫二妮，此刻正在全神贯注地忙碌。

二妮是个佻脱诙谐的女子，手头利索，嘴皮子也利索，手忙而脚不乱，算得本领高强。她经常一边工作一边跟顾客聊天，找到话缝儿，就开些无伤大雅的玩笑。此时她这份小心翼翼地神态落到我眼里，真叫我纳罕：这作嘛呢？

凑近一看，果然二妮手头这点营生，容不得半点分心的：她正给顾客染发。这本无所谓惊险，险的是她手底下那颗头颅：皮红毛稀，极具保存价值的几根白发在头皮上如阡陌纵横，不能遮蔽大地于万一，而且焗的是葡萄紫的颜色，一不小心，手里的焗油刷子闪到客人的头皮上，那就似被谁不小心吐上了一块葡萄皮一般！

事关重大，所以二妮大气都不敢喘啦！

见此光景，我自然是不敢打扰，径去找了其他师傅洗头、按摩。

一会工夫，二妮的事情也大功告成了。听到动静，我就从脸前的镜子里向身后看。我很想知道是个什么样的人，要把几根稀疏的白发染成葡萄紫!

身后站起来一位身材高大的老太太,她的背已经微驼,四方大脸上全是刀刻般的皱纹。肥大的理发单子罩着,看不出腰身,脚下倒是看得清楚:蹬一双样式时髦的半高跟漆皮鞋。

老太太站起身来,一时开不了步似的,在原地站了三四分钟,这才慢腾腾地挪动到镜子跟前,仔细打量起自己的头发来。不能说二妮的技术不好,委实是头发太少,不好担待,头皮上不免沾了点点紫斑。但是老太太扒拉着头发小心地看了半天,并没有就这个问题发表意见。倒是发出一声与头发不相干的叹息来:"唉!这天是越冷了。腿疼得……"

二妮腾出手了,又喜鹊似的开始喳喳:"大娘啊,您老就是腿有点儿疼,身体好着呢!"

"这话不差。我这身体,除了腿疼没别的毛病。左右街坊谁不羡慕我。人这老了,除了个好身体,还盼什么呀!"

"才不是。您一点不老!瞅您这身条,又高又苗条,跟那董卿也差不了多少;您这气质,文绉绉的,还有点儿像于丹呢!"

我一个不防,差点喷笑。这破孩子,对方是个老人家,怎好如此调侃!正思谋着,下面的对话却有了:

"是吗?你也这样说我?我自己寻思着,董卿我可比不了。她是个小脸,我是一盘大脸。现在社会这审美,时兴小脸。不过还真有人说过我跟于丹那气质有点像呢。她是老师,我也是老师。"

一语惊四座!

"那您是在什么学校高就呢?"有一位正在理发的老先生小心翼翼地发问了。

"我啊,以前在咱县北关小学教书,现在,退休啦。"

天哪!于丹虽然是我不喜欢的人物,但她好歹也是知名学者、北师大教授、博士生导师,这个退休小学教师竟然勇敢地拿着自己这"此老师"去比于丹那"彼老师",在这个等级社会里,这需要多大的自信啊!

我不由得对老人肃然起敬了。

"您今年高寿，能说吗？"话一出口，我其实已经预知了下一句她怎么接话了。因为太多女士有着这样共同的心态。果然，一如我的猜测，她饶有兴趣地追问：

"那你看我多大了呢？"

一转眼，见那二妮也正喜滋滋地看着我，跟我的目光一对之间，那鬼东西还眨了眨眼。心照不宣之下，我带着点坏笑这样答："我瞧啊，您也不过半百的年龄，正经年轻着呢！"

"嗨！人们都这么说，我不过生得小面罢了……不瞒你们说啊，我退休多年，今年已经六十三了！"

我假作失惊地"啊！"了一声，偏那二妮还不依不饶地继续追问："那您那天怎么告诉我，您才五十八呢？两个岁数，哪个是真的？"

"嗨，这个这个这个……我说过吗？"

"说过啊……说的时候，那谁谁，还在边上哪！要不咱找她作个证？"

这个二妮！这有点过了……理发店里还有几个师傅和顾客，虽然没有参加这场谈话，但是大家都捂着嘴悄悄乐了。这种尴尬，可能二妮也有点察觉，话题又转了：

"我说您啊，再买点时兴的衣服吧……你看你看！"她忽然指着玻璃门外喊开了。大家顺着她指的方向一看，门外刚好走过一个时髦女郎，只见她身材苗条，长发飘摇，上穿一件蝙蝠袖的羊绒短斗篷，下穿一条翻边呢子短裤，脚穿高跟长筒皮靴，柔软的靴筒一直套到大腿上来，在寒风中"咔咔"地走得正带劲。

"大娘啊，今年不知怎的，天气这么冷，人家还就时兴这种短裤，您老这身材，穿上这么一条短裤，再踩上一长筒靴……啧啧，保准盖了啊！"

"啊，我倒是也有心买上这么一条来着，又怕人家笑话我，老了老了还赶时兴……哎你们说，我穿了短裤好看吗？"老太太乍撒着一双青筋暴露的大手在地下转了一个圈儿。

望着老人那一脸的认真，我是欲言又止了。开始的时候，我还以为是调侃、是玩笑，没想到……不过回头一想：也是啊！这个退休小学教师，既然能染了这么一头稀零零的葡萄紫，又自比于丹，怎么就不可能买条呢子短裤穿上、买双高筒皮靴蹬上呢？

　　店里几个师傅和顾客轰然叫好，心急难耐地鼓励老人赶紧去买短裤和皮靴，那意思，好像老人不买的话，他们大家就要代劳了！听他们的话风，又好像一位绝世美女、国际超模即将在这短裤和长靴间横空出世了！

　　只有那位理完了发的老先生实实诚诚地劝着老人：咱上了年纪，怕寒，穿不得短裤；骨头不好了，既是腿疼，更穿不得高跟鞋……不要尽跟年轻人比呀！

　　金玉良言！但是老太太在众人的撺掇中却似吃了秤砣铁了心一般，根本不愿与闻老者这点微弱的声音。她甚至连头发都没有完全吹干，就匆匆离开理发店，汇入了街上的人流……

　　店里众人面面相觑，冷场一会，突然集体爆发出一场歇斯底里的大笑。大家笑着，笑着，笑出了泪花、笑疼了肚子、笑弯了腰……二妮干脆笑得坐在地上起不来了！

　　步出理发店的大门，已是华灯初上的时分。迎面寒风刺来，我已完全从刚才那种不良情绪中摆脱出来，进而陷入了沉思。我一边往家走，一边琢磨着这个性格有点特别的老太太。就以大家（包括我）的心态而言，一定认为她是可笑的、不可理喻的，但是我们大家，谁又有她那一种超然的自信和我行我素的勇气呢？她在她自己的世界里、在她自己的认知中生活着、追求着、快乐着，这也许比我们这些屈从于公众审美的麻木灵魂，要更鲜活吧！我已经后悔了自己刚才的那种玩世不恭和刻薄。真的，于丹算什么，时髦女郎算什么，稀薄的头发算什么，腿疼又算什么。喜欢的人，就和她平起平坐，喜欢的事情，就毫不犹豫地去做，能拥有的，就尽自己的力量去拥有，这样的小学退休教师，又何处逊色于北师大的教授呢！

# 笑涡涡旦

　　小学四年级的时候，因为妈妈的坚持，我离开了姥娘家温暖的火炕，走下高高的太行山，来到爸爸妈妈身边读书。

　　开始的时候，一是因为想念姥娘，二是因为不习惯城里的老师和同学，我很闹了几天，一心想要回到山上那个云遮雾罩的小村子里去。不过，一个意外的因素使我放弃了这种令父母亲头疼的吵闹，快乐而安心的在这里住了下来。原因只有一个：院子里有一户邻居，女主人不仅非常美丽，而且还非常喜欢我。从一开始，我俩就一拍即合。

　　她是县晋剧团的头牌旦角演员。她的美丽，就我至今看到过的文学典籍的印象而言，也许用《洛神赋》里的文字才能形容一二。我这样的拙笔实在是难以描摹的。不过就是传说中的洛神，也没有她右颊上有那个又圆又深泛着红晕的大酒窝，为这，满城人送了她一个绰号曰："笑涡涡旦"。

　　涡涡，是我们这里土话。意指一个可爱的小小圆坑或什么只可意会的类似的东西。一个人脸上有酒窝，人们就叫作"笑涡涡"是也。她是唱旦的，所以叫她笑涡涡旦。

笑涡涡旦幼投名师，戏校毕业，并非凭脸蛋吃饭之辈。平心而论，她的基本功扎实，也非常勤奋敬业。除了俊俏的扮相而外，她于唱、念、作、打也般般精通，是剧团里当之无愧的台柱子，而且她的个性天真直率，完全没有大美女通常的造作和矜持，有什么好吃的都肯跟我分享。我简直被她迷住了。除了上学，我大部分时间都泡在她屋里。冬天的晚上，我们俩围在火炉旁边一边喝着滚烫的油茶，一边聊天南地北。当然主要是她讲我听。戏，与戏有关的历史掌故，梨园行里的秘事，剧团里师姐妹之间的关系：谁谁谁跟她争 A 角了，谁谁谁在师傅面前说她的坏话……时间长了，剧团里有些什么人，各是什么性格，我都了然于心了。

晚上有演出，笑涡涡旦有时会带着我去。她演的每一出戏我都看过不止一遍。我在后台看着她上妆，在边幕看着她出场，手里捧着她喝水的杯子，俨然一小小跟班。我尤喜她在《游西湖》里扮李慧娘一角，形象身段都美到极致。当她粉面素服在舞台上跑开了圆场时，真似一朵白莲在水面上乘风滑行，那红唇轻绽，一声"美哉！少年"出口，端的是柔情婉转，荡气回肠。台下掌声四起，我也跟着在台上大鼓其掌，兴奋得满脸通红。

后来，我开始跟着笑涡涡旦练功了。每个星期天的早晨我都早早起来跟着笑涡涡旦出去，她在前面练，我在后面照猫画虎地比，毯子功、把子功，一趟下来大汗淋漓。我还跟着她喊嗓子，在晨曦中用力张开了声带："咿——咿——咿——啊——啊——啊——"到后来，自己也觉得心痒难耐了。放学路上四顾无人，就小声地一个人边走边来一段《打金枝》："我父王，他本是，真龙天子。坐在那龙位里，整理朝事……"终于有一次，晚上在她家里的时候，她起身拿出一把泥金的折扇来递给我："这个给你了！你这孩子，要不是生在这等人家，唱个青衣，真是再好没有了。以后我教你几出戏，你长大了，就做个票友吧！清唱的时候，手里拿着它，使好了，有好多戏在里头呢！"

但是就是这样一个女人，这样一个狸虎般灵活、天仙般俊俏、火焰般热情、像一枝梨花在春风中乱颤的女人，转眼间就花瓣飘零、香消玉殒，在人世上没了踪影！

她死了！

我就有一天没见到她。等我一觉醒来，院子里到处都是忙乱的人声。几个人在呼天抢地的号哭，妈妈从外面进来，告诉我笑涡涡旦死了，急病，我不能出去。因为，人年轻又死得急，小孩子忌讳。妈妈说着又出去了，留下我一个人捂在被子里不断地打着寒噤，害怕得要命。实际上在那个时候，一个魔鬼已进入到我的灵魂中来了。

打她从这个院子里抬出去以后，我的噩梦就开始了。

先是第一夜，翻来覆去怎么也睡不着。屋外的风声中好似老夹杂着细碎的台步……忽然，听到月台上放着的一个搪瓷脸盆"咣啷啷啷……"一路乱响，直滚到院子里去了！浑身的汗毛一乍，倏地起了一身鸡皮疙瘩！我一骨碌爬起来，悄悄走到窗边揭起一角窗帘往外一望，但见月华如练，满院白晃晃的，一个影子没有。月台下花池子里，白色的月季花在夜风中微微点头，越看越像笑涡涡旦那张俏脸，而那只红花的搪瓷脸盆，还好端端在月台上搁着咧！不由得一阵毛骨悚然，赶紧跑回床上去掩紧了被子，心惊肉跳，再也没有睡着。

挨到天明，赶紧跑到大屋里去告诉妈。妈说："那是你做梦呢！没有的事情。你今天就搬过来跟妈妈睡一起吧！"

其时我父亲在省委党校学习，那个年头的叫法是"住党校"；笑涡涡旦的男人自打她死了也搬到单位里去住了，偌大一座院落里，就剩下我跟妈妈两个人。听了妈妈那样说，我忙不迭地就把我的小被子小枕头都搬到妈妈的大床上去了。

第二晚，夜幕方临，筋疲力尽的我就在妈妈怀里早早地睡着了。可噩梦还是不肯放过我。我睡了没多大一会。夜定的时候，又看见她了！

她一身缟素，是《游西湖》中李慧娘的那身装扮。俗话说："男要俏，一身皂；女要俏，一身孝。"她这闭月羞花之貌配上这身素带翻飞的银装，端的宛如月窟仙女下降，回回一出场，都要博一个震天响价的碰头彩。但是在今夜的我眼里，却透着十分的诡异和恐怖——鬼！鬼！鬼！我动转不得，无奈地看着她在偌大的屋子里裙袂翻飞，水步绕场……天哪，这个美丽的白色鬼影身后还跟着若隐若现的鬼卒，有的人身牛头，有的血盆大口……

我拿出她送给我的扇子开开合合，看了又看。这是一把泥金大扇，金灿灿的扇面上一枝斜飞的红梅，十分精神。这枝红梅既妩媚又矫健的姿势让我觉得很像笑涡涡旦，所以疑心她的魂就附在这上面。那么，烧了吧？撕了吧？扔了吧？送了人吧？……想了半天不得要领，又原样放回箱子里去了。我舍不得。总有一天，我还用得着这把扇子。等我真的登台清唱的那天，我还真想借它得点笑涡涡旦在舞台上的那股子精气神呢！

这样僵持了一段时间，我吃不下，睡不着，体重急剧下降，人样子都脱了形。那时家里还没有电话，妈妈去邮局给爸爸打了电话，回来后跟我这样说："宝儿，你不要怕，你爸爸说了，你这是神经衰弱，回你姥娘那里再念一年书就好啦！咱们收拾收拾，妈这就送你走！"

"哇！太好了！我想姥娘！……"一声尚未落，珠泪满襟前！

当然，我带走了那把泥金的折扇。至今，它还放在我的书房里。迎着阳光打开来，满室金辉。读书上网累了，我也会仰躺在转椅里，用扇柄敲击着手心随口来上两句《打金枝》："我父王，他本是，真龙天子。坐在那龙位里，整理朝事……"

扇子传千古。而笑涡涡旦，那美丽的精灵，确乎被所有人遗忘了！

# 蟹殇

看够了白洋淀的荷花，临离去前，我买了一对西瓜蟹。

买的时候，遭到了老公和孩子的一致反对：买这干啥，养不活的！

其实我也知道养不活的，为此不无犹豫。但是一个卑鄙的念头占了上风：它就是个商品，到谁手里，也不过是个"养不活"的下场，能养几时算几时吧。

我在老船工一迭连声地催促中匆匆摸出十块钱，成交了这一对小东西——它的美丽与它的价格简直不成比例。临登船前，我只来得及问了一声卖家："它吃什么？"

"普通的白菜叶子，每天很少点就够了。"

坐在凉风拂面的船舱中，不由得举着手里的塑料小壶迎着日光观察这蟹。见它是一对两只，身体不过有指甲盖大小，螯却不是寻常所见的一对，是单只的，而且夸张的大，差不多是它身体的两倍，这蟹小巧，颜色特别鲜艳：壳是铁灰色的，上有浅色的小麻点，螯是西瓜红色的（也许这就是它得名的由来？），肚腹作浅白色且纯美透亮。它像一对精致的手工艺品一样玲珑剔透、色彩和谐、光彩照人。

在白洋淀里只玩了一天。这一天当中蟹活得很好。虽然壶底面积小得可怜，两个小家伙依然自得其乐地爬来爬去，它们时有身体接触却绝不打架，像两个有礼的绅士。不过对于我扔进壶里的碎白菜屑，它们也绝没有碰过一下。我前一天放进去的六粒，到第二天早晨再看，还是六粒。

告别了白洋淀，我们驱车向北京方向漫行，最终落脚在一个叫"十渡"的地方又玩了两天。这段时间中，我对西瓜蟹是越来越担心了，以至于都不能全心投入游玩。按照最简单的常识，任何动物绝食的结果，都只有死路一条。然而据我日以继夜、夜以继日的观察，这西瓜蟹，从买来到现在，没有吃过任何东西。它们，真的是绝食了。

窗外闪过的景色不能再吸引我的注意了。买的时候，不是明明知道它总要死的吗？可是这对沉默的蟹，以这样一种可恶的方式自绝于我，怎会使我如此忧伤？这才知道：任何生命都是有重量的。它们如此微小，却依然会通过种种渠道，把自己的重量传递给那个制造悲剧的受众。对于西瓜蟹来说，那个受众当然就是我。

渐渐地，它不吃、不喝、不动也不玩了。

我也玩不下去了。匆匆忙忙踏上返程。心里只有一个念头：让这不祥的沉默中止，让西瓜蟹那好看的螯子重新舞动起来。

回了家，立马把它们倒到一只浅盆里，按卖家的嘱咐弄了一底子浅水，再从洗得干干净净的白菜叶上撕下来几点碎屑，撒在它们周围。

完了！就这，它们也不吃。难道卖家告错我话了，它爱吃的东西，不是这个？可惜匆忙之中，没有来得及问卖家一个电话。我用手机给它拍了照片，然后举着四处去问那些卖水产、卖鱼类用品的：你认识这东西吗？你知道它吃什么吗？

答案一律都是：NO。

早晨出去上班的时候，我看它，在盆的南面。中午回来再看，它在盆的北面。这么说，我不在家的期间，它动过了！可是它绝不肯动给我看。无论我在盆前守候多久。

我连想哭的心都有了。若西瓜蟹能听得懂人话，我真想问问它：你到底喜欢吃什么？把你送到哪里去，你就能继续地活下去？

第五天早晨，孩子走过来怯怯地告诉我，西瓜蟹死了一只。

忙忙地随了孩子到盆前一看：好像都是原样，一动不动。

"哪只死了？"

"喏，那只。"

"不还是那样吗？怎么知道死了？"

"它的螯一直抱在胸前来的，这会松开了。松开了，就是死了。我爸爸说的。"

真个。那只一直护在头跟前的螯无力地松开了，像阵亡将士弃下的长戈，远远地伸了出去，再也没有了那种装腔作势的威慑力量。

我用牙签轻轻地拨了下活着的那只，它艰难地挪动了一下以表示自己的生存。它的存在带给我的其实是悲哀和心痛。我知道我的内心：我这时候真希望它也已经死了，快些结束这一切。这个十块钱买来的痛苦，已经折磨我太长时间了。

幸存者也在坚定不移地借助绝食手段走向死亡，这是再明白不过的事实。但是这个过程很慢。它仿佛要借着自残、自毁的方式来专意地折磨我的良心，让我为付款时的那种漫不经心百倍的买单。它不动，也不吃，又活了整整三天！

我在听到孩子报告西瓜蟹终于死亡的消息的时候，是有那么一种如释重负的轻松，但是内心随即也就水漫金山般涌上来很多东西，堵在喉头令我难以呼吸。我要不是内心住着个魔鬼的话，我不会如此轻率的购买自己见所未见、闻所未闻的小动物。是我压根就没想让它活下去吧。

我已经自私到不怀好意的地步儿了。

我虚弱得一下也动不得，像个刽子手不愿意看被自己杀戮的尸体。我指派孩子去做善后的事情，并吩咐孩子把西瓜蟹的尸身拍下来，留在电脑里作个永远的警告和参照。

良心清醒，魂兮归来。

# 白猫

　　冬天的时候，母亲院里来了一只白猫。我去看望母亲的时候常遇到它。

　　白猫很年轻，野性十足，行动矫健，上房越脊如履平地，并且有点脾气，不大容人靠前。它爱在母亲的厨房里过夜，堆伏在灶台上作白球状。见我推门进来，它便腾空而起，如一道白烟转眼溜得没影了。雪后的晴空，阳光灿烂，长天如洗，白猫雪白的身体衬着碧蓝的天空，轻巧地在房脊上行走，屋顶的积雪也被它那纯美的白毛比得黯然失色了。有时，它也在房檐下的雨搭上闲卧。雨搭不过是一层塑料布，白猫安卧其上，却没有在布面上压出一丝皱褶，轻巧得一如无物。呵，这美丽、高傲的白猫，谜一样的白猫呵，它并不需要母亲供给它食物，它只是在流浪的时候偶然邂逅这个洒满了阳光的四合大院和一个慈祥老人，喜欢着这里的安全、自由和宽绰，它才在这里出没，留恋不去的。

　　它无疑是有过主人的。因为它又干净又骄傲，一看就不是野猫。母亲猜测说，白猫被遗弃，也许因为它是只母猫吧。现在的人，养猫只为

197

取乐，若因养一只母猫而发展出一个猫家族，那恐怕就不是让猫主人开心的事情了！

果然被母亲说中了。

几天前，我在外地开会，母亲打来电话，说白猫下了三只小猫，一时行动不得，母亲只好找了个纸箱，内垫棉絮，让白猫母子在院里正式安家了。眼下，白猫的生活暂由母亲照顾，日日喂些鸡蛋牛奶之类，而三只小猫只会吃奶，眼睛都还未睁开。

白猫做了母亲了！我的心像被什么重物猛然撞了一下，一股说不清的怜惜和难过使我的眼眶里瞬时涌满了泪水。会议一结束，我便买了一斤猫粮、一只猪肝直奔母亲家里。

月台一角有个纸箱，上盖一个线毯，这就是白猫的"月房"吧！我蹲在纸箱前，小心地掀起线毯一角，正好跟白猫湖水般清澈的蓝眼对了一个正着！

白猫瘦了，脊骨在银子似的皮毛下尖利地耸现出来。它的怀里，环抱着三个已经长出了茸茸细毛的小家伙。三只小头在它的肚皮上贪婪地拱动着，抢奶吃。人看猫，猫看人，对视良久，白猫才低低地、喑哑地叫了一声："喵……"

这一声低叫里，包含着多少委屈、求助和哀恳啊！我缓缓伸出手去，白猫没有再拒绝。它把两只耳朵向后一抿，顺从地接受了我的爱抚。人与猫之间的感情通道，瞬间接通了！

关于白猫一家以后的归宿和着落，我还没有想好。眼下的事情，是让它们母子安然度过生命中这段最脆弱的日子。我相信，白猫有做母亲的权力，小猫有长大的权力。既然这个世界上不乏有爱心的人，它们就应该可以快乐地生活下去！

# 打狗记

我不喜欢狗。都说狗是人类的朋友，可我始终对它抱有一种敌意。

我也曾追溯过这种似乎莫名其妙的憎厌，结论却是：因为我从没有养过狗。

我不曾是任何一只狗的主人，所以狗那些为其主子所称道的种种"狗德"，我就从不曾切身地享受过；相反，狗们因"各为其主"而充分表现出的种种"狗性"，倒是经常引发我对人性的思考和警惕。贵为万物之灵的人，一个不慎，也许就沦落于狗道而不自知矣。

小学的时候，我和班里一女同学云非常要好。某个中午，我吃过午饭就拿了书包往她家跑，想找云一起写作业。

她家有个农村习见的又厚又沉的木头大门，下面是高高的木头门槛。我费力地推开一扇门，刚刚迈进去一条腿，忽然听到一阵不祥的呜呜声，没容我反应过来，眼前黄光一闪，我的腿上立时感到一种撕心般的剧痛！

"妈呀！"

几乎是本能地，我一蹦三尺高跳将出来，随后才听到门里一阵暴怒的狗吠——几天没来，她家养狗了！

一边疼得"嘶、嘶"地吸着气，一边去看那腿时，裤子差点给咬透，小腿上的皮肤虽然没有破到流血，却瞬间青紫了拳头那么大一块。

云一家子听到狗吠，都从屋里急忙跑出。妈妈喝住了狗，云和姐姐则慌慌张张地把我扶进了院里。

作案的是一只小小的黄狗。狗脖子上带着一根长长的铁链，此刻被重新拴回到院里的果树上。黄狗个头儿小，脾气却不小，对主人的呵斥似乎充耳不闻，它眼冒凶光，挣扎着一次次往我站着的方向猛扑。我明白它的意思：要不是链子把它扯住，它真想扑上来把我给吃了！

顾不得跟它理会，先看伤口。轻轻卷起裤管，见那伤处已然高高肿了起来，皮肤绷得发亮，红、紫、青、灰几种颜色搅和在一起，亮晶晶很是瘆人。那时候人们还没有诸如被狗咬了后必须注射狂犬病疫苗的意识，云妈妈从黄狗身上剪下一撮狗毛来，拿到灶上烧成灰，小心地敷在我洗过的伤口上——似乎是依民间习俗，狗主人对被咬伤者的一种歉意，抑或是一种治疗？

人们治伤的当儿，我四下扫寻着，一眼瞟见墙根儿竖着一根圆木棍。那根木棍又粗又短，有点像农妇下河洗衣裳时候所用的棒槌，一看就很趁手。我心里一动：就是它了！

日历一页页飞去，被咬事件似乎成了过去。腿上的伤渐渐不疼了，瘀青也在淡去，我心里的恨却仍在，时不时想起黄狗的眼神，复仇的念头越来越强烈地在心里发酵着。

终于给我等到了这么一天：云的爹妈要带着姐姐去乡下走亲戚，家里就云一人看门！

机会来了！我按捺着心里的激动，故作平淡地跟云说，明天你家大人不在，要不咱去你家院里要吧。

自从被咬伤，我还没有再去过她家，云高兴地连连答应着，同时还忘不了保证：一定把狗拴好，再不会发生那样的事情。

第二天上午，恰是个极好的天气。初秋的凉爽让人精神焕发。我一边雄赳赳地走着，一边抡胳膊踢腿地活动着手脚，浑身都是劲儿！

没等我推门，院里的狗吠声就骤然响起！这畜生真聪明！居然能辨出我的脚步声，它能猜到我是特地干吗来了吗？！

黄狗见我进了院，脖子上的毛都炸了！它不停地跳腾、狂吠，想要挣脱铁链的牵制。它真的比人聪明，早已窥破了我的意图，只恨不会人言，不能把这种愤怒和恐惧告诉主人。

但是一只被铁链子拴在树上的小狗，即便凶焰万丈，又能奈我何！我一边瞄着那根依然乖乖地竖立在墙根儿的木棒，一边跟云商量：天气这么好，你不如把小桌子搬出来，咱就在院里写作业。

写作业的小桌在东屋里放着。云答应一声，高高兴兴地跑去搬桌子了。

说时迟，那时快！我在狗骤然急厉起来的咆哮声中一个箭步冲到墙根，操起那根心仪已久的木棒来（短、圆、粗，果然十分趁手！），抡圆了，照着黄狗没头没脑的就是一顿胖揍！

一直忘不了木棒打狗的那种感受：狗的脑壳好像皮包骨，是空洞的，打上去一片"哐哐哐"的空响；狗的身体却硬实，有如棍击败絮般，发出"噗、噗"的闷响！

黄狗一次次扑跳着，企图咬我，企图咬木棒，咆哮中露出狞厉的尖牙。但是铁链的限制使它始终只能处在刚好咬不到目标、却又是刚好结结实实挨打的位置！

云慌忙地扔下桌子跑过来，看狗看我，犹豫了一会，才拦住我说："算了宝宝，出了气就好。它还小呢。这样子俺爹妈要是见了，一定不依哩。"

我也有点累，嘴里呼呼喘气，胳膊因用力过猛而生疼。我把木棒一扔说："不依要咋？难道说狗咬人有理，人打狗，就没理了吗？告你啊云儿，这个坏东西，以后俺见一回打一回！打不死它不算完！"

那个上午的空气，后来就终是有点沉闷了。两个好朋友各怀心事，在一张小桌上埋头写作业。黄狗给我刚才一顿暴打，精神明显萎靡了。它在泥地里无精打采地卧着，嗓子里不时发出又似怨恨又似自怜的低低的呜咽。它看我的眼神，也没了仇恨，有种颓唐，有种畏惧，甚至……有种谄媚在里面。

云的笔尖却似比往日移动得快得多了，力度也大，时不时地就划破了笔下薄薄的粉连纸。作业没写完，我就走了。

说实在的，狗乃畜生，打了就算，不值得怀恨。但是黄狗刚才那个卑贱的眼神，让我从此就对以前无所谓喜欢不喜欢的这个动物瞧不起了。虽然很多人都认同狗是人类最亲密的动物朋友，我还是毕生对它怀着成见，总觉得一种自由受限、感情愚忠的动物，不自觉其辱，却对限制自己自由、欺骗自己感情的另一种动物大摇其尾、大献其殷勤，大表其忠心，且有着恃强凌弱、欺软怕硬的贱性，不能说明它聪明，恰恰只能说明它品德低下，心地愚蠢。

而且聪明的人类绝不会因狗而影响他们的友谊。云第二天就跟我和好如初了。下个星期天，她又邀我去她家玩，说有新"懒"好的柿子，她妈妈喊我去吃。我第一时间想起黄狗来，笑问她不怕我去了打她家的狗吗。云答：黄狗已经不在了，给了乡下的亲戚了。

## 提高现代文阅读和写作成绩的金钥匙

# 孔瑞平作品
# 阅读试题详析详解

## 雕翔

① 一直认为，雕是自然界中最富性格和表现力的动物。儿时居住的山村名曰皋落，"皋"者，字典的解释是"水边的高地"。确实，皋落村本就坐落于太行山顶，背靠太行山主峰之一的白羊山，又南面环水，不是"水边的高地"又是什么！

② 皋落这个地势既是如此得天独厚，地面天空就少不了形形色色的动物。说到它们的性格，当然各色各样。鲁迅在《狂人日记》里这样速写：狮子似的凶心、兔子的怯弱、狐狸的狡猾……大抵不错。走兽们隐匿于山林草莽中，难免带些阴戾之气，故而先生给出的评价，多少是贬义的。雕却不在这些范围之内。雕住在云蒸霞蔚的白羊山顶，它光明磊落，阳刚十足，注定

没有燕雀那样平庸而琐碎的生活。整日里见它潇洒而出，大方而入，时而以王者气度在透明的空气中旗帜似的飘摇。它是天然的明星，生活在地面上的人和兽，都只配仰视它。

③白羊山顶半入云岚，雕的巢在哪里，便是村中老练的猎手们也不能得知，说它"来无影去无踪"并不夸张，但是儿时的印象中，它极富表演欲，越是天空如画的时辰，它越是肯现身在人们的视线之内，做那恢宏画面上动感的一笔。

④西边的天色由明变暗，山间的黄昏悄悄袭来。西天，两个山头交汇的低凹处，形成了抛物线的底部。光芒渐次收敛的太阳，显示出大得惊人的光轮，在这里留恋许久。显然这时光舞台的主角仍不甘心。就在它完全隐没的一刹那，它从下坠的缺口处随手泼出玫瑰色的大块云团，挟带着水红、桃红、橘红、紫红、锈红……说不出有多少种繁复瑰丽的红色搅在一起翻滚，翻滚，染得刚才水墨般阴黑下去的林梢血也似的红。此时，凝立在悬崖边铁铸似的雕，如梦方醒。它高昂起头，伸展双翅，伸展，伸展，把双翅伸展到极限，然后优雅地一拍，纵身离开巉岩，跃入黄昏温暖的气流之中。雕先是作着大幅度的盘旋，在这片鲜艳的云海里滑出一个接一个螺旋式上升的圆圈，升到云顶之时，雕的翅膀就静止不动了，任凭高空那强劲的长风托举着它的翅羽作逍遥游。西山后面的落日不失时机地打来最后一束激光，顿时给雕的整个轮廓镶上了一道灿烂的金边，使这天空的王者闪射出高贵的凛然不可侵犯的神性光芒。终于，表演告一段落，雕也在渐暗的天光里变成了一个活动的黑色剪影。在人们惊怵的追视中，雕双翅平展一动不动，乘着迅疾的暖气流径直掠向暮色苍茫的地平线。

⑤夏天的正午，烈日熔金，四野如燃，所有的物体都在蒸腾的热气中扭曲变形，没有人肯在这个时候出门，雕独不惧。我不止一次看见，它以优美的弧线划过天空，往北去了，雕飞翔在高天上热气不能到达之处，所以它的身影依然如铁画银钩般一丝不苟。皋落向北五里之外有古村名车寺，车寺村口有邺河口水库，我猜想，雕是到那里喝水去了。只有那广袤水面的独饮，才配得上雕的王者身份。

⑥在丛山和荒原中，雕是没有天敌的，它们是食物链顶端的霸主。但是遭遇到号称"万物之灵"的人类，雕偶尔也会有落魄的时候。记得有一回，村里的猎人终于打着了一只大雕。这受伤的王者，被农人们活捉了。我飞跑去看的时候，它给关在粮仓里，脚上系了根铁链，铁链子拴在地下滚着的碌碡上。

⑦粮仓里有一张办公用的破二斗桌。雕虽负伤，斗志不输。见有人进来，它就奋力拍打翅膀，搅得粮仓内尘土弥漫，一片昏黄，待人们咳嗽、揉眼毕，雕已经昂头挺胸地站在那只二斗桌上了。

⑧以前见雕站着飞着，都远远地在山顶或空中，几乎要脱出人有限的视力之外，我还是第一次近距离地看清雕的模样。它有一个漂亮的流线型身体，毛羽是通体深褐色的；只腰尾部直通翅尖对称排列着一线雪白的硬羽，展翅的时候犹如褐色土地上未融的白雪，鲜明而又协调；更让人惊奇的是，它的头顶居然长着一排金褐色的顶羽。虎的额头有"王"记，雕的头上戴王冠。看来所谓的王者，必有标识。

⑨常年在高天之上俯瞰天下的角度，已然养成了雕气贯长虹的精神力量，即便此刻沦为阶下囚，雕也丝毫未露出惊慌失措

的模样。出于骄傲，它把巨大的翅膀收得很紧，仿佛一个自负的人把两手背在身后的姿势。与雕形成对照的是，这张二斗桌周边围绕着衣衫破烂、神情木讷的山民，午后的阳光从破窗之外漏进，光柱强烈，清晰可见飞舞的尘埃，营造出一种舞台剧般的气氛。雕脚下这张油漆剥落、木榫开裂的二斗桌，俨然就是一个小小的祭坛了。

⑩ 我挤在桌前不错眼珠地盯着雕看。越看，越从心底涌上来那种无以言说的敬佩。雕那种高傲无畏、目空一切的气度，是地面上一群群跑着的这些肮脏动物们没法儿比的。此情此景让我觉得：一方面，它没把人放在眼里；另一方面，它的魂儿也不在这里，而在其他不为人们所知的地方翱翔。

⑪ 雕的下落，我后来没有追问过。雕不是一种可以让人怜悯、同情的动物，不容易让人替它去担什么心。然而，雕却在我的心穹上渐飞渐高，渐成我的一种信仰和图腾。有回观摩一个书家的写作过程，我看他那灵活的笔锋在宣纸上纵横驰骋，耳边厢听见有人赞说是"笔走龙蛇"，心里忽然就想起那雕来。我想龙还罢了，蛇算什么东西，它在泥沼里那点儿蜿蜒曲折哪能提到话下。我想告诉人们雕在天空中飞翔的时候，它会有什么样轨迹：用书法来形容的话，那就是时而如狂草般狂放不羁，时而如行书般酣畅流利。当一幅书法作品成稿，书家最后用印的时候，那雕也就潇洒地收翅，栖落在山石之上，化为一个霸气的落款。

⑫ 做一只雕意味着什么，只有雕知道罢了！

1. 文章第 ② 段为什么要提到鲁迅《狂人日记》中对其他动物的描写？

2. 文章第④段环境描写的作用是什么？请简要分析。

3. 如何理解⑪中"然而，雕却在我的心穹上渐飞渐高，渐成我的一种信仰和图腾。"这句话的含义？

**参考答案：**

1.（1）用鲁迅对其他动物的贬义评价来衬托雕的光明磊落和阳刚十足；（2）引出下文对雕的描写，为下文作者的抒情做铺垫；（3）丰富了文章的内容；

2.（1）渲染了黄昏西天日落时绚烂壮丽的美景；（2）以云海的绚烂多彩映衬雕的黑色剪影；（3）以绚丽壮阔的云海之景烘托出雕不可侵犯的王者气度；

3.（1）表达了作者对雕由衷地赞美和敬佩之情。"即便此刻沦为阶下囚，雕也丝毫未露出惊慌失措的模样"以及它的"骄傲"令人敬佩；（2）升华了文章的主旨。沦为阶下囚的雕和二斗桌旁边的山民的对比，引发了作者对人类自身以及人与自然关系的反思。

# 狼行

①入夜，风声凛冽。无数冰冷的气流顺着电线、树梢、屋脊飞也似的疾驰，把这些无助的静物拽出了疼痛的"吱——吱"尖叫，颇像我小时候在皋落乡下听到的狼嗥。那个声音，也是响起在夜半时分。因为白天狼是不敢走进村子的。它一般就是跟着这瘆人的风声偷潜入来的。

②皋落，是太行山顶一个村庄。从县城到这里，得爬九曲十八盘。一到冬天，这里就八面来风，成了个滴水成冰的朔风集合地。那冬天的夜晚在我的记忆中，除了风声很少人声。开始的时候，我是在懵懂的状态中被呜呜咽咽的狼嗥惊醒的。

③狼嗥的声音乍听像是老妇人的呜咽，听得人心头酸楚。我知道窗外的夜晚有多么冷，而这怪叫的风有着多么大的力量，所以紧张不安之外，又替狼感到某种可怜和苍凉。

④皋落是全县最大的村子，坐拥良田千顷。本县有名的"昔阳八景"其中之一就是"皋落奇峰攒万粮"。这个"粮"不是人类吃的粮食，而是形容村周连绵的山头衬在天穹上的剪影，它们看上去极像是一座挨一座的天然大粮堆——皋落村，真真是风水宝地。

⑤农户不缺粮食，村子里的狗可也就不少。那些半农半猎的人家会养好多狗，农闲时候带它们进山猎野牲。就是寻常农户，也多会养一只看家护院。此时，这些负有使命的狗们嗅到外敌的气味，就三三两两的吠起来了。开始的时候，声音零星，还透着一种底气不足，随着狗叫声越来越多，狗们的声音就非常强大了，似乎每只狗都在声嘶力竭、尽了命的狂吠；不过，狼的声音也变了，不是刚才那种小声抽泣，倒像是亢声的挑战和对骂，音色很尖，带着歇斯底里的情绪，在一片声的狗吠中时隐时现。这种强大的声波我想使得全村人都醒了。但是狗和狼这样吵闹，最终多是个不了了之的结局，人当然是不屑参与其间的。

⑥皋落所据的山叫"白羊山"，人说是太行山的主峰。这里气候高寒，从每年的第一场雪开始，整个冬天它都被银色覆盖。一层层的雪越积越厚，人们冬天里的农事活动就差不多没有了。

女人们拿着针线活串门，一群女人挤在一盘热炕上，一边飞针走线，一边叽叽喳喳地谝闲传，而那些打山的汉子，就牵狗扛枪地进山了。村口雪地上，留几行男人踢倒山鞋的大号鞋印和狗那玲珑的小梅花型脚印。脚印亦是洁白的，丁点泥土不带，不走到近处看不出来。打山的汉子身上，十字背花的绑带，一边儿吊着斑驳的军用水壶，里面的老烧酒随着脚步汩汩响；另一边则吊着个古怪的圆桶形包包，仔细看了方得明白：这是牛蹄带着上面一截牛腿，把骨头掏空了，做成的弹药包，里面装满猎枪所用铁砂，再削圆木为楔把它塞紧，即便需要的时候随手把它搁在雪地上，也进不去一丝水汽。这玩意防雨隔潮，制作十分精巧。

⑦ 高大的雪山净白如一块整玉，在阳光下熠熠生辉，雪把树和鹊巢都涂白了，大地优美而素净。三两猎人行走其间，像是谁在白纸上撒了些疏疏落落活动着的小黑点，渐走渐远，黑点越淡，最后与雪山融为一体，令人浮想联翩。良久，层叠的深山里，就会传来一两声枪响，听起来梦一般遥远。

⑧ 皋落一带山牲多，赶山的人很少空手而回。他们或枪尖上挑着、或麻袋里拖着，有多种猎物：狼，还有山兔、山鸡、山猪。大部分山牲都是美味，狼肉却不好吃，它的用途主要是皮子，把狼皮剥下来熟成皮褥子用，隔潮，也暖和。我常去玩儿的人家，很多家有狼皮褥子，依然带着狼那种四蹄大张的大致轮廓和惊心动魄、已经发黑了的枪眼儿。

⑨ 狼在人的意识里是个反派角色，它的狡黠出人意表。"狼是军师！"我父亲当年曾经这样赞叹。父亲是个孤儿，小时候放过羊，深谙狼性。据父亲讲，冬天羊卧地的时候。狼会捡了农人丢弃的破草帽戴在头上，然后扒着垒堰的石头人立行走，从下一

堰地的下风头，慢慢地接近羊群。挨到跟前，狼扔了草帽一跃而上，叼上一只羊就跑，简直如迅雷不及掩耳，牧人和狗只能望而兴叹。即或猎人们在狼出没的必经之地下套，通常也得十分小心，因为狼是"横草不过"的动物。就是说，它走在路上，如果看到折断了的草，就会怀疑前面有人设了陷阱，从而小心地绕道而行。这种狡黠，在动物世界里也算登峰造极了吧。

⑩ 最有特色的，是狼那种强烈的群体意识和报复心理。

⑪ 话说某天早晨，皋落村几个小青年发现了一条貌似大狗的动物。几个人围上去一顿铁锨镢头打死了。本待剥了皮吃一顿狗肉的，打死了才识得：哪是狗，分明是一只苍狼。

⑫ 夜半时分，狼群大举来袭。一晚上狼、狗的叫声沸反盈天，村人不及防备，给狼群咬伤了李家的牲口、拖走了张家的肥猪，损失惨重，第二天，村人紧急计议，对狼群全面宣战！皋落是个太行山区罕见的大村，又有冬猎传统，岂惧狼群！他们组织起来，搞了几个漂亮的伏击，又乘胜追入山中，把偌大的狼群打得七零八落、溃不成军。人狼对抗，最终以狼群彻底失败、远遁深山、再不敢进村骚扰而告结束。

⑬ 从70年代开始。狼就渐至于没有了任何消息。窑洞里清凉如昔，只是醒来的蒙眬中再也听不到狼那种老妇人似的呜咽悲泣。想起曾经的狼的故事，自己也觉离奇。

⑭ 我带着孩子去动物园里看过真正的狼。这些不幸的圈养动物毛色惨淡、眼神呆滞，真如行尸走肉。看样子随你扎它一刀，它都不会发出它祖上对抗狗群时那种狂妄的叫嚣，简直无从跟孩子讲述狼性的狡猾和贪婪。狼混到这个地步，也就不再是"狼"了。回思世间具有狼之特性的人反倒越来越多，恍然间觉

得，它们也许是披了人皮，混到人群里来了。

⑮ 想到此，不由得激灵灵打了个冷战。

1. 文章多处提到"风"，有什么艺术效果？
2. 文章第⑨段为什么写父亲儿时的事情？
3. 本文表达了作者怎样的思想感情？请结合全文简要分析。

**参考答案：**

1.（1）引起作者对往事的回忆。"入夜，风声凛冽"，由风声想到狼嗥；（2）引出下文的描写对象；（3）为狼的出现渲染了恐怖氛围。

2.（1）照应上文作者的观点。"它的狡黠出人意料"；（2）用父亲的事例，进一步证明了狼的狡黠；（3）增加文章的真实性，使读者更加深信作者的叙写；

3.（1）表达了作者对狼的畏惧。主要体现在作者对儿时乡下生活的回忆中；（2）表达了对狼的赞美。作者对狼的狡黠和群体意识，持赞美的态度；（3）表达对狼的同情。圈养的狼已经失去了狼的天性；（4）引发作者对人性的思考，批判了人性中的狡猾和贪婪。

# 有些树

① 常常觉得，一棵树就是一个人。

② 有些树是孤独的。它落落寡合，却又不是隐士。因为它通常都坦然地、一无遮挡地独自站立在广袤的原野里。这样的

树，往往有着粗大的树干和优美的树形，只此一株，足成风景。见到它的时候，你通常离它很远：你在列车的车窗里或是在蜿蜒的山径上。它让你怦然心动，却又无缘近前。这样的树，自有它独特的想法，呼吸深长的、宁静的想法，远比我们那些浮光掠影、转瞬即逝的念头更为深刻和宽广。它是沉默的思想者。风不会送来它的声音。它只用卓尔不群的姿态与你交流。

③ 有些树喜欢聚族而居，家人似的守在一起。这就是一片树林了。走进它的深处，你会有一种到别人家里做客的感受。这个家庭里有皱纹纵横的老者，也有皮肤光滑的幼童。相同的基因让它们拥有了相似的面貌。清风徐来，他们用修长的枝条互相抚摸，并和睦地低语、轻笑，狂风大作的时候，它们就挽臂牵手，并大声呼喊，显示家族的力量。

④ 有些树三三两两长在河边。这些树无论长幼，一律都很清秀。在我心里，喜欢临流而照的物事，都带有女性色彩。人分男女，树何得不分雌雄？它们叶片干净，一尘不染，仿佛乡下姑娘刚刚浆洗过的竹布长衫；如果是开花的桃杏，它的花朵又美如少女腮边那一抹轻红。有它们装点，原野平添妩媚，一河张扬风流。这样的树，能不惹人爱怜？

⑤ 有些树长在庄严的庙堂。在圣贤桑梓的曲阜，我拜谒过孔子手植桧；在双林寺，我瞻仰过唐槐汉柏。对于这样的树，我是深怀虔诚的。古圣先贤的手泽在那根历尽沧桑的老枝上，神明华胄的光辉在那丛青翠欲滴的叶子里，它们无限苍老，又无比年轻。谁能同他们交谈、谁能倾听他们的语言，谁就能洞悉真理。这样的树，能不令人敬畏？

⑥ 树涵养人的生命。风过翻卷芳香，秋来捧出果实。在大

漠，它就遮蔽风沙，在庭院，它就过滤骄阳。除了奉献，它别无所求。

⑦ 一棵大树被伐倒并带走了，一片风景消失了。它在原先站立的地方，留下个耐人寻味的圆形伤疤。遇到这样的树桩，我总是要在它面前停留很久。从它浅色的圆形截面上，你可以闻到它生前那种好闻的气味，那疏密有致的年轮环环相套，宛如一颗石子投进岁月的湖心溅起优美的涟漪。只要是有心的过路客，就可以从这里读它的一生。年轮的纹理，倒不一定那么规整。因为它这一生也如人，曾经争过、斗过、苦过、痛过，它也许得过病、受过外伤。它也许挣扎过、发抖过。它经历过瘦削的年头、也有过茂盛的岁月，凡此种种，都会在这个截面上留下不同的轨迹。伸手抚摸它的时候，我总是怀着类乎触摸人类伤口的心情，我想：它被伐倒的时候，一定很疼。而现在，它依旧疼。

⑧ 家乡有个风俗：一个人故去了，他的后人会在坟头上插一根柳枝。柳是见土生根、见风生枝的树种，不消三年两年，独枝即可成树。清明时节，子孙们来到坟上祭扫，柳枝婆娑，欲言又止，真个见树如面。烧完纸走出老远，你再回望，那柳还在原地依依地目送。坟地多在高山之上。故去的先人就以这青柳为目守望家园，照料子孙。乡俗：柳长得好，死者的子孙必然兴盛。

⑨ 佛教里有所谓菩提树。"菩提"，梵语意为"觉悟"，传说释迦牟尼在菩提树下悟道，所以它一直被视为佛教的圣树。每每看到这个词，脑海里就浮现出佛祖的面容：他那低垂的眼睫半遮了睿智的目光，眉宇间满是不忍之色。他就是一棵枝繁叶茂的巨树，当人们在尘世的风雨里耐受不了的时候，奔到他的树阴下，总能得到一些温柔的庇护、苟延的喘息。菩提树啊，它是佛的化

身，也是人类苦难的化身。

⑩ 儿时从古籍中得知：有个地方叫"天造谷"，生长着一种叫"建木"的大树，其根深植于大地，几千里不足以喻其广；其梢拂扫九天，几万丈不足以喻其高。我们的祖先伏羲、黄帝曾经缘着这架天梯直达天庭，与诸神共语。拍案惊奇之余，心中遂有梦想：等我长大了，定要带上干粮盘缠遍访四方，到达那神秘的天造谷，找到那神奇的建木，然后缘木而上，尽览九天之上的风景。这个梦困扰了我半生，以至于年过不惑方才有解——何必作形而下的奔波，我们每个人的心，都是一方天造谷。只要以道德和智慧的血液勤加灌溉，建木就能从这里蓊蓊郁郁地生长起来，并负载我们轻灵的精魂径直向上。只要攀缘不止，我们这些炎黄子孙啊，必能如我们伟大的祖先一般，到达理想中的神性境界。

1. 文中大量运用了哪种修辞手法？可以起到什么样的作用？试举例说明

2. 第⑥段以简短的篇幅阐述了人与树的关系。你怎样理解？

3. 第⑦段描写的树的截面，表达了作者怎样的感情？

4. 第⑩段所说"天造谷""建木"有怎样的象征意义？

**参考答案：**

1. 运用最多的是拟人手法，几乎俯拾即是。如"有些树是孤独的……这样的树，自有它独特的想法，呼吸深长的、宁静的想法""清风徐来，他们用修长的枝条互相抚摸，并和睦地低语、轻笑……""它被伐倒的时候，一定很疼。而现在，它依旧疼。"等等。拟人句能增强语言的美感和表现力，使句子更生动、形象。

2. 树的境界是牺牲和奉献。不图回报的奉献和毫无保留的牺牲。树是自然物，不希求人的帮助，人却是树的孩子，离不开它的庇佑。人应该向树学习。

3. 树是岁月的记录者。树被伐倒的时候，很疼，现在依旧疼，这是作者基于人与自然的关系对于被伐之树的悲悯，也表达了作者对破坏生态环境，乱砍滥伐的行为非常憎恨。

4. "天造谷""建木"源于神话传说。作者一路行文而来，结尾处可看作本文的高潮部分。无论是人与树的关系、人对树的依赖，还是人通过树可以达致的理想境界，此处都写到了极致。这段充分表现了作者对于人性美的期待和信心。

# 蓝色的老宅

① 某日，一只猫在母亲的屋脊上行走。

② 猫的脚步，该是有多么轻巧。但是，还是有一片蓝瓦被它踏落下来，"啪"地落地了。

③ 这片几百年前的手工制品慢镜头般地悠然而下，在檐下锃亮的红色地砖上悄悄地一响，原地碎成一朵蓝菊的模样。

④ 母亲的老宅，原先是处庙宇，始建年代已不可考。檐下两根大柱，那鼓状的青石柱础带有明时的印记，我据此认为它是一处明代建筑。它的正殿做了我家的客厅，不用说有多么清凉和阔大，两边的配殿做了卧房，也比普通的卧室要高要大。原先住神的地方住了凡人，老宅由神庙到民宅，实属降格，其改动当然

也不小。细密的花木窗棂改成了大幅面的玻璃，廊檐下古旧的方砖也换了大块的釉面砖。小时候懵懂，见把旧房子一点一点改造得贴近现代和流行，每次都高兴得欢呼雀跃。

⑤人到中年，心情却渐渐不同。我开始痛惜它仅余的原物：墙和瓦顶。

⑥墙是青砖所砌，顶为蓝瓦所覆。砖和瓦都细密有序，暗含着无声的语言。人若沉下心来，可以听得到它们在时间深处的低唱。

⑦清明未到的时候，雨已经开始下了。大大小小的雨点斜刷在砖墙上，像遇墙而入的精灵，只在墙面上留下不规则的细碎湿点如一块蓝印花布的模样，最终，整面墙全湿了，变出一种簇新的深蓝，却始终不见水流顺墙而下，我想这前朝的古物该是有多么干渴呢。但是，它又是有生命的。喝饱了水，就可以变回年轻变出鲜艳，这却是人的生命办不到的。

⑧瓦顶就更加耐人寻味。

⑨我在央视的纪录频道曾经看到过某种鱼成千上万条簇拥着穿过一条河道的壮观情景。这些蓝瓦挤挤挨挨的排列常使我想起那种鱼、那个场面。晴好的日子，蓝瓦哑默静悄且凝滞不动，浮头托着一朵一朵皎白的轻云，如同鱼群在电视画面里一个静止的截图。而一到雨季，银亮的水珠在瓦面上蹦跳碰撞不止，整个瓦顶上如同开了锅似的白汽弥漫，呈现出十足动感，仿佛那湿漉漉的瓦变成蓝鱼游动起来了，非常的生动。

⑩屋脊上还或蹲或坐着些活泼的小兽。除了脸朝外盘踞在屋脊两端的那家伙我知道叫"鸱吻"之外，别的我并不能识。传说鸱吻是龙之九子之一，喜欢四处观望，同时兼有行雨防火之

能，古建筑多为土木结构，最是怕火，所以特地请它来这里坐镇。庙宇远高于民宅，鸱吻坐于屋脊两端，一者有消防之用，二者能遂其远望之愿。而我觉得：它还看守着这些蓝色的鱼，使其各安其分不得随意行动，所以这处由庙而宅的古建筑才得以几百年流传。

⑪ 南朝四百八十寺，能有几座传到今？损毁的原因，多因火：天火或者战火。而这座蓝色的老宅却安然穿越几百年时空，从未遭受过火厄。我感激这静坐守护的鸱吻。

⑫ 中国古人崇尚俭朴。体制所关，除了顶尖的贵族阶层和少数香火鼎盛的名寺之外，民间建筑不用五颜六色的琉璃瓦，这处老宅也不例外。它的前身虽是庙宇，但是除了体量轩敞远大于普通民宅之外，通体青砖蓝瓦，色调朴素而优雅，绝无艳俗浮华。我们兄妹小的时候，常常在这长二十米、宽二米的廊檐下端碗吃饭。这里冬暖夏凉，遮风避雨，又对着满院子异香扑鼻的花草，是最好不过的餐厅；下雨的时候无处可去，它甚至容得下我们的追逐嬉闹。而今，兄妹四人各自成家立业，有如飞鸟离开了这蓝色的古宅，父亲也于九年前撒手人寰，偌大的宅子里，就剩了母亲一人。

⑬ 母亲经常搬一把椅子在廊檐下静坐。灰白的头发和安详的神情使我觉得：她已经与这处古宅融为了一体。宅子太老了，雨下得急的时候，偶有滴漏。曾经有人提议：把它的上盖（即房顶）揭了，做一个新顶子吧。母亲断然拒绝了。我知道：她舍不得这蓝色的瓦顶，舍不得在屋脊上忠实地坐了几百年的鸱吻。

⑭ 母亲近年有点耳背，蓝瓦落地的声音她没有理会。我赶忙悄悄地把几块花瓣似的瓦片拾起来，拿报纸一包。匆忙之间我

瞥见，这不是房顶上普通的瓦，是檐口的"瓦当"，桃形，上有美丽的云纹，本地人称为"毛桃滴水"的便是。心里不由得一呆，又一痛。瓦便与人一般，身份贵贱各不同。众生虽都有一命，草民去了无声无息，科学家艺术家凋零则会引得嗟声如潮，手握乾坤的大人物去世，尚且要昭告天下、降半旗什么的。这偌大的屋顶，瓦片无计其数，檐口的瓦当却就这么有数的几枚，起码算是瓦片中的艺术家吧，这损失，难以形容，何况我又不能告诉人：别人听了莫名其妙，母亲听了心痛难忍。那么这个悲痛，只有我一人来当。

⑮也不能怨那只闯祸的猫。只要鸱吻允许，它当然可以在瓦顶上行走。瓦当的跌落，应该是天意。

⑯抬眼打量这蓝色的老宅，檐口缺了一个瓦当，似乎人掉了一颗牙齿，痛不痛的不说，多少有碍美观；老宅却是神色自若，一副风过水无痕的安然。母亲在屋里睡着了，也是平静的鼻息。生命在流逝，在我们的不经意间。

⑰打开报纸再看这瓦当残片，见它的断茬处竟是一线惊艳的土蓝，同时闻到远古泥土的气息，清晰地传来。

1. 简要概括老宅的特点。
2. 文章开头描写猫踏落瓦片的情节有什么作用。
3. 作者说老宅是蓝色的有什么含义。


**参考答案：**

1.（1）历史悠久，饱经沧桑，保存完好。

（2）由庙宇改建而来。正殿做了客厅，配殿做了卧房，花木窗棂改成了玻璃，方砖换成了釉面砖。

（3）保留了原来的蓝色的墙和瓦顶。

2.（1）引出下文对老宅历史的回忆。回忆了老宅的历史变迁。

（2）有利于表达对老宅的感情和思考。对老宅深深的怀念，对老宅跌落造成的残缺的悲痛、无奈，对老宅经历岁月的洗礼，饱受风雨沧桑，而奇迹般始终完好的惊叹。

（3）象征或隐喻老宅的人事变迁。猫在屋顶行走，踏落瓦片是自然而正常的事情，恰恰象征了老宅的人事变迁。以前老宅的人丁兴旺，到现在只剩母亲坚守，这是自然的规律，无法避免的。

3.（1）老宅的墙和瓦顶都是蓝色的。尤其是墙面下雨变湿以后，呈现出深蓝色。蓝色是老宅的主要色调。

（2）蓝色的色调显得朴素而优雅，绝无艳俗浮华。这正是老宅的内在精神品质的体现。

（3）老宅的蓝色由墙和瓦顶体现，而墙砖和瓦都是由泥土烧制而成，这是几百年前的古人的杰作，历经风雨，更体现历史的沧桑与厚重。


# 在"夫子岩"想念夫子


①我们沿着一条河水走。这是昔阳的母亲河——松溪河。松溪河挨公路的这一端清浅，靠山的那一端幽深。翡翠似的水面之上，有个天然石窟，名叫"夫子岩"。

②夫子，古时候指饱学之士，若无特定的语境，人们一般默认是指孔子。《论语》里那么多"子曰"，只能是"孔夫子曰"。

然则，这里出现的石窟为什么要以"夫子"来命名呢？

③ 无独有偶。夫子岩下有个村庄，叫"孔氏"。奇的是，全村大小人口，没有一家姓孔。再细推问，敢情这村原先的名字，更加古色古香，叫个"孔子里"。这个"里"可不是现代汉语里外的里。古语，五家为邻，五邻为里。五五二十五户人家，这是一个古村落的规模啊——孔子里，直接就是"孔子村"。

④ 夫子的老家在山东，地理距离遥远。翻阅史籍，孔子周游六国，并没有路过晋国的记载，那么，是乡间野史、口头传说年深日久的讹误吗？访问乡间老人，对我这种怀疑很是不满。他们不仅言之凿凿，而且故事的轨迹也很是圆满：当年孔圣人的的确确从此路过，当时风雨大作，他老人家带着弟子们在夫子岩里避雨来着。因为随带的典籍著作被雨淋湿，老人家就在岩前一块石头平台上把书一页一页地拆开来晒，石面上从此留下字迹，亘古不灭，此台就叫"晒书台"；而夫子问道于村民，感于此处古礼犹存，民风温良，慨然以姓相赠，是故，这个无一家一户姓孔的小村从此得名"孔子里"。

⑤ 涉河，踏着荒芜的小路，我这个夫子的第74世孙走进了夫子岩。这个天造地设的石窟，除了为夫子遮挡一下两千五百年前的风雨，似乎并没有别的用处。窟中有碑一通，题为《重修夫子岩叙》，是清代嘉庆年间一个士子所立。字迹尚未完全漫漶，不仅记载"洞内塑先师及四弟子像"，还描述"……于是修抱厦一楹，洞口仍石砌而筑月窟焉，即有暴雨而圣像免浸剥矣。"那么遥想当年，窟底有塑像，洞口有挡水石阶，这个所在还是蛮看得过去的。

⑥ 世间许多事物都会在时光的流转中消失，特别是建筑。

它从修好的那一刻起，就选择了一条通往坍塌的道路，结局总是寂凉而困惑。现下不仅窟内空空，就连窟前那鼎鼎有名的"晒书台"，也因拓挖河道的需要而被崩坍，化做零碎一堆，不知是砌入了谁家院墙，还是填补了谁家台阶。想来不胜伤感。这永恒的残缺，也许只有以夫子那样的胸怀，才能安详地阅读。

⑦ 时光虽然淘洗了硬性的建筑，夫子的影响却穿破时空一直留了下来。昔阳是老区，人道是"民风淳朴"，孔氏村所在的龙岩一带，是老区中的老区，有着淳朴中的淳朴。异乡的发财梦和光怪陆离的夜生活跟这里没有丝毫关系。这里的人不能想象、也不奢望财富支配下的那种高速、晕眩、奢靡而残酷的生活方式。该走的人走了，如似风吹走了一片两片树叶；该在的人还在，日出而作，日落而息，偶尔可以听到劳动者的歌声。阳光下的田野如同堆绣，田野里原生态的出产取之不尽用之不竭，这已经是够幸福的生活。龙岩本属丹霞地貌，山间公路精选本地自产的红石铺砌、白灰勾缝，宛如一条巨大的花蟒在山间蜿蜒，全石砌的红石房一般都没有院墙，屋前整齐地堆垛着做饭用的柴火，每到饭时，炊烟四起，令人看了乡愁弥漫，仿佛自从夫子来过，这里的格局就原样保留下来，再也未曾改变。山岩，还是那时的山岩，而人，也还是那时的子民。

⑧ 我想象着夫子坐牛车、携弟子，奔走于途的情形。夫子是圣人，不是神人，所以不得释、道高人的那般潇洒，不可能"朝游北越暮苍梧"，更不可能"一声飞过洞庭湖"。读万卷书，他一行行地读，走万里路，他一步步地走。他带着门人弟子，奔走卫、曹、宋、郑、陈诸国，走一处败一处，受了多少白眼和闲气，甚至经历"断粮七日"的窘境。而夫子过龙岩，在此避雨、

晒书，问道，都受到了尊敬和礼遇，老人家该是如何的感喟啊。

⑨ 我想象着夫子站在窟里仰头看雨的情形，经常可见的"万世师表"和"文宣王"的画像支持了我对于夫子的想象。我想他是个身材高大但态度和蔼的老者，因为谦逊，难免带出些驼背。他朴素而又高贵，在对人的平常生存和情感的体认中，呈现出一种深刻的睿智和宽厚的仁爱。他善于将高深化为平凡，理论化为细则，就如揉开了一朵惊艳的大花，把细碎的花瓣一粒一粒地轻轻撒入农家的茅屋和学者的书斋，使书页间和犁锄下都散发出相同基因的香气，使耕者和读者都具有了一种东方气派，使后世的中国人拥有了一种独特的、异于其他民族的思维和智慧。他给后世留下的，是如静水奔流、不事喧嚣，却千秋万代享用不尽的哲学、美学和伦理学。

⑩ 从我开始向上逆行 74 代，夫子站在那里等我。即使我身生羽翼，我也永远飞不出他的精神磁场。随着"孔子学院"开在越来越多的陌生国度，随着"汉字听写大会"吸引了千万个家庭，随着国学的振兴，我中华民族必将找回自己失落的精神之父，跟着他回归和谐、优美、规矩、清洁的生活。中国人，必将成为全人类最优秀的范本。


1. 梳理本文的行文思路。

2. 作者刻画的夫子是什么样的形象。

3. 文中第六段，"这永恒的残缺"，作者为什么说，"也许只有以夫子那样的胸怀，才能安详地阅读"？

**参考答案：**

1. 以行踪为主，辅以感悟。首先写"夫子岩"的位置，提出对这个名字的好奇，进一步引出"孔氏村"。由"孔氏村"村名，提出自己的疑惑，引用历史加以佐证，又由村里老人介绍村名由来，纠正"我"的看法。然后探访"夫子岩"，面对"夫子岩"的变化生发出诸多感慨。

2. 作者刻画的夫子是一个态度和蔼，人生曲折，胸怀宽广，博学笃行，谦逊朴素而又高贵智慧，有感恩之心的老者，他为后世留下高贵的财富，是后人的精神之父。

3. "永恒的残缺"指的是后人因无知和急功近利而造成的对历史遗迹和历史文化的破坏，这种破坏是无法修复的。面对这种破坏，作者痛心疾首而又无可奈何。"也许"表示一种可能，是作者对夫子态度的一种假设和猜测。这种假设和猜测立足于作者对夫子性格的认知。在作者心中，夫子的胸怀是博大的，是宽容的，故而能坦然面对后人的种种破坏。再者，物质的媒介可以破坏，而夫子的思想和精神却一直在流传，一直在影响后人。所以作者这样说。

# 合掌如华

## 一、卵石、水洼

① 都说天下名刹古寺占尽人间地脉风水，那么，卧佛寺下这片卵石滚滚的干河滩，想必是远古时候一条清波浩渺的大河了。

② 不是水的力量，谁能从远方搬来这么多质感沉重的石头；

谁又可能在漫漫岁月中把这些桀骜不驯的山石搓磨成这般圆秃的情状。

③ 只能想象，那条生动的大河在某个清晨或是月夜，突然化做一条长龙振鳞飞走了。一声长啸之后，清波永失，只余这些大大小小的卵石在阳光下煞白着脸，露出它们愚顽的本真。任是天天听着暮鼓晨钟，佛号梵音，它们仍然是不能点头的顽石。

④ 幸好有你，卵石间一个小小的水洼。任是天风烈日赤地千里，不见你的水位降一寸；任是数九寒天滴水成冰，不见你的水面有浮冰。东山一寺僧众、西岳一庵比丘，远道而来的香客、风尘仆仆的路人……都会不由自主在你身边驻足，舀一瓢甘露般的清水，一解人生的焦渴。

⑤ 你是那条绝情飞去的大河，留在人间的一个美丽脚窝吗，你是那条永不回顾的龙，脱落在这里的一个寂寞鳞片吗，你是悲悯众生的佛，向这十丈红尘含泪的凝眸吗。哦，你这纯洁如处子、温润如美玉、清甜如晨露的水洼啊！

## 二、卧佛

① 佛在太行山间静卧，已逾六百年。

② 而史料记载，佛已于两千多年前涅槃。

③ 那有什么关系。因为觉悟，因为宽恕，因为慈悲，涅槃后的佛显然没有离去。他存在于一切所在：寺庙、山林、民居，他端坐于信徒的深心，并现身于所有人类的脚步所能到达的地方。

④ 此刻，他侧躺在一个天然溶洞里。他头北脚南面向西，仍然是圆寂时候的姿势，他面如满月，眼睑微垂，神情安详，仍然是长行之前的模样。六百年前的工匠，显然也是虔诚的居士。

若非如此，又何以解释他们的传世作品：佛的面部精雕细琢纤毫毕现，那螺纹肉髻仿佛仍带着生命的光泽和弹性，眼睫一眨，智慧的灵光又将四射；而佛的身体，却由一些粗犷流畅的衣纹导引着，渐次延伸向身后的山体；至膝，沉睡的佛已没入大山，与沉默的山岩融为一体。佛耶？山耶？俗人哪知。

⑤ 吾佛在此，吾佛完美。无怪佛教的教义里说，只有美的身体，才能负载美的心灵。然而这个样子的佛，怎么能让爱他的人们相信"寂灭"二字？溶洞空阔，穹顶有被时间之水蚀透的小洞透进微微星芒。佛前的空地上，一根石笋正一点一滴耐心地生长。

⑥ 此处远离红尘，此处与佛相对。何须青烟缭绕，何须五体投地。我只以心为香、以体为盘，合掌如华，表示喜悦和恭敬。

⑦ 隐藏在内心的那颗明珠，遂受佛的拂拭，光华万丈，而明珠之上那朵蕴蓄已久的莲花，也在佛慈悲的注目中，徐徐开放。

⑧ 这简陋阴湿的溶洞，因为一颗伟大心灵与另一颗卑微灵魂的瞬间对接，而显示出月照寒水般的明净悠然。

⑨ 人们常叹"做人难"，然而一撇一捺，就能轻松地写出一个"人"字；如果有谁留意过"佛"字的话，那他会不会这样觉得："佛"并不是神，而是一个"人"，走过了蜿蜒盘旋九曲回肠，然后豁然开朗，为众生找出了一条越走越宽的路？

⑩ 万物的生生枯枯、明明灭灭，人间的悲悲欢欢，离离合合，连同那些蜗角虚荣的烦恼、毛毛分分的计算，都忘了吧。在天籁般的佛乐里，我是天池里沐浴的赤子，找寻到了生命的源头……

⑪ 人皆是佛，人皆可成佛！有朝一日，平庸卑微如我，有

没有可能，也挣脱红尘的羁绊，实现自由而喜悦的涅槃？

1．文章第一部分用第二人称手法有什么好处。
2．将题目改为"卧佛岩游记"好不好？为什么？
3．作者为什么说"人皆是佛，人皆可成佛"？

**参考答案：**

1．作者用第二人称写卵石、水洼，是拟人手法的体现。这样写，增加了亲切感，好像面前的卵石，水洼也像人一样活了起来，也有助于抒发作者的感情，增强了文章的感染力。

2．不好。"卧佛岩游记"是一般性的游记类的题目，侧重于写所见所闻，也可以写所感，一般以见闻为主，手法上以描写、记叙为主。本文虽然也是去卧佛岩游玩，内容上也写到所见所闻，但更多的篇幅是写所感，见闻相当于一个引子，引发出作者的诸多思考。所以以"卧佛岩游记"为题目不太合适。以"合掌如华"为题目能更好概括作者的感悟和思考。

3．首先，佛是人的理想人格的化身，是人们将诸多美好品质组合成的一个完美化身，是人们的思想精神寄托，其意义在于教化，教人向善。其核心和本质来说，佛也是来自于人。反过来讲，人身上或多或少都有一些美好的品质，也就是佛性，如此而言，每个人都有成佛的可能。当人身上的佛性大于或战胜兽性、人性或者佛性达到某种程度的时候，他就接近或具备了佛的特质。这种理解，包含了作者对天地人生的深刻理解，体现了作者对人世的明悟。

# 阅读一片枯叶

① 东，是地理方位，寨，是人文名称。两个字一合，就有了太行山深处这个蓝烟浸润的小小村庄。

② 晚清时候，东寨村里王姓一门连出叔侄两代举人。若干传奇之外，还留下一片规模不小的古村乡绅建筑。吸引人们前往探访。

③ 这东寨村全村坐落在一片朝阳的山梁上。从山下往上看去，恰似一面挂在山梁上的簸箕。

④ 最高处，相当于簸箕里端最深的那个部分，是老举人宅。房屋密集，厅堂轩昂，青砖灰瓦的建筑占了足有五六条街巷，俨然村人头顶一个庞大的平台。屋脊上彩色的琉璃瓦点缀其中，越发在穷山恶水的北方山区渲染出一番峥嵘气象。

⑤ 老举人宅旁，乃是左祠堂、右官坊。老宅稍出，则是小举人宅和戏台。一村气象到此观止。再往下看，就是低矮的民宅，渐渐地顺着山势散落开来，越往下越显稀疏。

⑥ 至于为什么这么分布，民间至今有个说法。稍具农家生活知识的人都知道：用簸箕扇谷物的时候，谷糠和草皮这些轻贱的杂物总是会随着风势出到簸箕口，然后被扇簸出去，留在簸箕里端的，自然就是珍贵的纯粮了。

⑦ 地理分布是这样的讲究，名称里的"寨"字，亦非浪得虚名。老宅背靠绝壁面朝陡坡，虽比不上"一夫当关，万夫莫开"的华山之险，却也易守难攻，透着一股占尽地利的霸气。和

平年头是高高在上的民居，一逢乱世，这里立马就可以当"寨"坚守。

⑧ 所以你要想拜访东寨举人宅，那就得先费一番辛苦，跟我攀上太行山的脊梁。

⑨ 即使对古建筑一窍不通的外行，也能看出这片老宅取材和施工的考究。所有建筑的转角都采用磨砖对缝的工艺，砖缝细密到插不进一枚铜钱，所以特别坚固，就是流淌的岁月，也磨不秃它方正的棱角。

⑩ 太行山民间通常的三雕：石雕、木雕、砖雕工艺，在这里被发挥到了极致。檐头、影壁、屋脊、回廊，都春天繁花般地缀满了各种手雕艺术品，或粗犷豪迈，或细腻柔情，或庄重大气，或秀丽轻盈，无不构图匀称，线条流畅，美轮美奂。时至今日，这些古旧的艺术珍品仍然发散着超时空的艺术魅力。传统的内容和题材，也寄托着农业文明特有的种种人文理想：多子多孙、多财多福、步步高升、连年有余、福寿双全……遥想它当年红火的时节、满院满巷的匠心被绿云似的树影一掩，该是多么富有艺术感染力的繁复画面！

⑪ 就连后墙，举人叔侄也不肯马虎。后墙上所有的出烟口，都用砖、石材料镂刻成透空的雕花圆口。莲、桃、石榴……人世间甜蜜的果实、美丽的花朵，疏疏落落地定格在墙面上，实在也是村巷一景。晨昏时分，淡青色的炊烟就会从这些隐秘的圆口里袅袅逸出汇入山岚。古时候的乡村文化人，专会在土得掉渣的日子里，借助生活细节酝酿精致的情怀。

⑫ 小举人住过的院子现在有农户居住。东西厢房除了窗子改过，与整个建筑的风格显得不甚协调外，其他部分还依稀保留

着原貌。坐北朝南的主房却是在抗日战争时期毁于战火，只遗下高高的台阶让人追想它昔日的气度。

⑬ 老举人的老宅屋檐叠架、斗拱斑驳，规模更大而气势更为雄伟。它能安度九九八十一劫，完好无损地传到如今，真个堪称人文奇迹。遗憾的是，沉重的大门不知在何时已经关上了。一把锈迹斑斑的古锁，把时间锁在门外，世界，也锁在门外。

⑭ 试着推门，门被推开一道缝。扒着门缝往里望，门里的世界恍如古旧的梦境。

⑮ 宽绰的院内，厚实的大方砖巧妙拼接，砌成菱形吊角的规整图案。砖面上已然浸染了铁红色的水锈，砖缝里却摇曳起水葱样青碧的茸茸细草，整个院子就像一块红地绿格、如梦似幻的大布。阳光，此时正像调皮的小姑娘，在这块大布上跳跃。

⑯ 而高高的青石台阶则像天梯，把人的目光一直引到门缝里望不到的高处去了。这番情景看得久了，很容易让人生发这样的幻觉：两袭潇洒的青布长衫拾级而下，仆佣如影随形。青衫布履过此门、出此巷，眼前豁然开朗！十里山川顿收眼底，胸襟为之一爽。诗书满腹的叔侄俩，既在太行山的一隅构筑了自己的宫殿，怎能甘心被世界遗忘？作为贫困山区难得一见的文化人，他们已够孤独、寂寞。结庐山顶，自诩为人中精英，当然就需要这俯瞰的感觉，当然就需要这万人之上的高度，以便心灵随时可以展开飞翔的翅膀。很难想象，在那些属于他们的年代里，他们是如何的居高而望、临风而栖、对月而歌，并从晨曦里渐渐展开的广袤田野上，放飞他们无法收拢的野心。

⑰ 哦，谁的目光，曾在最高处燃烧？

⑱ 起风了。历史的翅膀瞬间掠过庭院，滴下一地苍凉。我

缩回推门的手，门轴"吱呀"一声叹息，门又关严了。无数个沧桑古梦瞬间远去。

⑲ 阳光下的庭院仍静静地站立，静如水底的枯叶。

⑳ 但这绝不是一片普通的枯叶。当你也像它一样静下来，你面对它，细细地审视它，你就可以顺着它繁复的叶脉读出很多故事，读出前人的自信以及他们对社会、对后代的期望，读出曾经被老小举人的青色长衫撩起的、那股带有艺术味道的风。

1. 概括两代院落的特点。
2. 说一说"阅读一片枯叶"作为题目所包含的深意。
3. 理解"谁的目光，曾在最高处燃烧"这句话的含义。

**参考答案：**

1. 房屋密集，厅堂轩昂，规模宏大，气势雄伟，布局讲究，雕刻精美，寓意美好，历经战火，保存基本完好，有历史的沧桑感和厚重感，给后人带来启示。

2. 题目运用了比喻修辞，将举人宅院比作枯叶，借枯叶来表现宅院的特点。枯叶经历繁茂、丰润，经历萌芽、成长、飘落、枯萎，经历时间的轮回，留下时间的印迹。通过感受枯叶，可以非常形象地感受到宅院的兴衰变迁，感受到宅院经历的沧桑。以"阅读"来搭配，体现了作者对宅院审慎、庄重的态度，这实际上也是作者对待历史遗迹的一种态度。

3. 这句话是作者站在石阶前，面对高处引发的思考，是对古代文化人心理及追求的探寻。举人在偏僻闭塞的太行山小村庄是了不得的大人物，是不可多见精英，他们有追求，有理想，有对当下和未来的思考。他们不甘寂寞，不甘平凡。作者在此想象前人居高远眺，勾勒未来，实现了跨时空的心灵沟通。


# 佛在民间

①世事沧桑。昔阳老城区，如今已浓缩为昔阳新城的其中一条小街，是为"上城街"。

②沿上城街一路向北，向北，走到最北头，路左有条细巷，循巷而进，你就会与一座小小寺庙觌面相逢。寺庙亦如人，有小名有大号，民间呼为"北寺"，正名则是："崇教寺"。

③巷子所在，是乐平镇西大街村的地盘。寺庙混在密密麻麻的村民蜗居里，被小卖店的市声、油坊榨油的味道和小学校的琅琅书声包围，如年代久远的宝珠半掩于泥土。若非那两扇厚重的、不同寻常的木头大门和门楣上蓝底金字的匾额，路人很可能会无视而过——简直难以看得出这是一座寺庙。

④从来的印象，佛祖慈悲，却也清高。话说天下寺庙占尽人间绝佳风水，南朝四百八十寺，多少楼台烟雨中。佛寺讲究的是曲径通幽，香火钟磬、佛号梵音最宜缭绕深谷、婉转林间。然则，这小如农居的北寺始建于宋，继修于元，居村坐巷，积今已近千年，苍茫岁月中没有人专意为它秉笔，所以我们无从知道它是怎样的穿越刀兵战火、饥馑流年、风雪雨雾、自然灾害，几乎是毫发无损地来到当代，这只能说是文物保护史的一个奇迹，如它本身般小巧、精致而又温暖的奇迹。

⑤ 推开三寸厚的沉重木门，门轴居然很是灵活，并没有年久失油的"吱呀——"之声。院子只有一进，格局也简洁，中轴线上由南向北建有前殿、后殿，东西两侧对称排列配殿，共四处殿宇。主体为元代风格，悬山式屋顶及前檐四扇六抹隔扇门、破制棂窗，保存基本完好，最令人称奇的是，四座殿宇梁、架互通，屋顶相连，如环抱若携手，不知爱煞多少建筑专家。据说这种建筑格局，在全国也甚为罕见。于是，居于民巷的小寺，于2006年5月26日被公布为全国重点文物保护单位。

⑥ 然而对于善男信女来说，北寺就是北寺。全国保护也罢、地方保护也罢，北寺是个形而上的地方，是他们安放心魂的地方。淳朴的农人，大事小情都不免到佛祖跟前汇报一下，大灾小难都想求佛祖保佑。大男小女都希望佛祖荫庇。故，释迦牟尼座前并不寂寞。那一对明黄色的拜垫上，常看见些虔诚的身影。举凡家有老人求长寿、家有病人求痊愈、家有儿女求进学、求婚姻、求就业、求子嗣，甚至于求发小财、求遂小愿……都不免来佛前细密倾诉。诉罢抬眼，见佛祖眼睑微垂，跣足坐须弥，手施无畏、与愿印，面带慈祥微笑，似已把一切祷告听闻。于是，心安理得，满心喜悦，连连叩头，一身轻松地回家去。家，也就在一步之遥。

⑦ 也偶有豪车载客前来。车必停于巷外，豪客至此，也就敛了豪气，悄没声地挪进寺门，一般卑微地伏了，三拜九叩。至于这些人祷告了些什么，只有佛知道。佛依然是满面的平静，一样的听闻。于是笔者观而叹服：所谓不喜不怒、不卑不亢、不垢不灭的禅境，所谓容纳一切、化解一切、怜悯一切的胸怀，只有佛，还是佛。

⑧ 院子小，但是因为周围民居低矮，所以站在院里看到的天空并不小。据那些常来上香的善男信女们说：天气晴好的时候，站在院里经常可以看到五颜六色的日晕，但是走出这院子再看，就没有了。怎么解释？不好解释。寺庙年代久了，香火又盛，真有灵异也说不定。

⑨ 北寺没有下水道，天雨怎么走呢？院中央有个圆洞，小雨不动声色，大雨形成漩涡，院里始终不会积水。那么北寺这独特的排水系统又是怎么一回事呢？

⑩ 话说一千年前北宋建寺的年头，崇教寺里的住持僧名叫释维。为建北寺，劳心粹力，居功甚伟。工程的最后一项，是硬化地面，工匠们请示：天雨怎么走？释维大师早有准备，他从房里拿来一把没盖的茶壶，说："用它就行。把它埋在院子中间，留个小口。"工匠们十分景仰释维大师，虽然个个心里嘀咕，还是照办了。说也巧，开光仪式刚结束，倾盆大雨说来就来。霎时，寺院里平地起水，眼看就淹到台阶上了。挤在廊檐下的工匠们焦急万分，不约而同地拿眼去看释维大师，大师不慌不忙地从唇间迸出一个字："开！"顿时，院心处显现一个大漩涡，一院子水"咕嘟嘟嘟"地旋转着，都打埋壶的那个小洞流走了。作为建寺的功臣，释维大师的名字被载进正史，他那把神壶也在民间口头文学里获得了永生。

⑪ 听了这个故事，我倒更愿意把尊敬献给当年修寺的那些默默无闻的工匠。从来智者在于民间，这高明的排水系统，分明是工匠们智慧和经验的结晶，却与一把子虚乌有的壶何干。但是他们却宁愿把天大的功劳归于佛，归于高僧。佛说众生皆有佛性，皆可成佛，真乃至理名言。

⑫祝愿北寺常在，庆幸佛在民间。

　　1．作者为什么说"佛在民间"？请结合全文试做分析。

　　2．试分析"家，也就在一步之遥"这句话在文中有什么含义？

　　3．文章为什么要讲述主持僧释维的故事？这一故事在文中有什么作用？

**参考答案：**

　　1．（1）崇教寺坐落于密密麻麻的民间蜗居里，从外观几乎看不出它和民居有何不同；（2）它历经千百年成为百姓的精神依托，淳朴的农民们不管大事小情、大灾小难都要到佛前祈祷；（3）崇教寺是民间智慧的结晶，它独特的排水系统是民间工匠们智慧和经验的体现。

　　2．这句话有两层含义：一是指崇教寺处于民居的包围中，和老百姓的家距离很近；二是指它是百姓们赖以生存的精神依靠，精神家园。

　　3．释维的传说既为我们解答了崇教寺排水系统的问题，又引出了下文对佛在民间的思考；这一故事在文中起承上启下的作用，而传说本身又增加了文章的趣味性和可读性。